望仙坪传奇

■屈允廉 著

陕西新华出版

陕西旅游出版社

·西安·

图书在版编目（CIP）数据

望仙坪传奇 / 屈允廉著. — 西安 ：陕西旅游出版社，2016.2（2024.11重印）
ISBN 978-7-5418-3323-6

Ⅰ. ①望… Ⅱ. ①屈… Ⅲ. ①民间故事－作品集－户县 Ⅳ. ①I277.3

中国版本图书馆 CIP 数据核字 (2016) 第 033701 号

望仙坪传奇　　　　　　　　　　　　　　　　　　　　屈允廉 著

责任编辑：张 颖 贺 姗
出版发行：陕西旅游出版社（西安市唐兴路 6 号　邮编：710075）
电　　话：029-85252285
经　　销：全国新华书店
印　　刷：三河市兴国印务有限公司
开　　本：787mm×1092mm　　　　1/16
印　　张：9.75
字　　数：90 千字
版　　次：2016 年 2 月　　第 1 版
印　　次：2024 年 11 月　　第 2 次印刷
书　　号：ISBN 978-7-5418-3323-6
定　　价：69.80 元

岁月鸿爪

1954年   2014年

不惮岁月偷换额

唯期献曝于人间

屈允廉，男，户县白龙村人，1931年生。初任教而后从农。身材不高，肌肉不丰；腹墨不多，文思不聪；读书不求甚解，涉世不懂人生；不弃青山绿水，不慕辉煌浮名；不羡腹便囊满，不鄙箪食瓢盛；但佩东施天真，也便偷闲访踪。东西南北乱扯，不忌语言冬烘。始有《野菊》之赞，继有《高草》之颂，《春水流韵》报晓，自遣自娱助兴。金凤银鸾莫嫌，雅健高超莫笑。大千世界无垠，吾仅占得万牛一绒。

屈允廉和他的儿子们

序　一

望仙坪是我县名胜之一，其文物古迹如壁塑、彩画等古老艺术，虽为社会动荡之风暴摧残殆尽，然而峰峦溪洞之妙俏奇特，林泉石矶之清幽古雅，俨若妙造自然之画面。其曲径通幽、秀色可餐，尤使人心旷神怡，流连忘返。

允廉同志对全景区之沟岔峰峦、溪流隧洞，高低远近，反复涉足。观形态，察结构，究底蕴，溯远源，结合千百年来神话传说以夏征有扈氏之古代史实及老子、王母、汉武帝等人物传闻为主要线索，依据各景点实况，分述故事梗概，并附诗作，对故事做了必要之发挥与提高而完成斯集。

可贵者，作者处理故事，能阐述卓见，推陈出新，观其望仙坪重点故事之聂姑坐化一例便可知。于人物事态略施变动，即赋予新意，使情节波澜跌宕，曲折惊奇。既避去与外地故事之某些雷同之处，体现了地方特色，又摒弃了"仙根"说的一些虚妄之言，突出了客观存在之所迫，使聂女一步步走上了玄门。这样不仅符合客观实际，符合辩证法，且揭露出旧时代的叶脉中一丝丝辛酸与苦辣。

斯举也，近似考古范畴，且寓喻今意义。它熔远古史实、地文结构、人物活动、神话传说于一炉。既有耐人寻味之风情，且有动人深思之哲理。分析之，可以洞察各景点之微妙内涵；综合之，可以领略全景区之典雅风韵。从此可以窥知作者素养功夫，实吾侪中之有心裁者也。

其诗，系作者于篇末结束之刻，意犹未尽，乘兴之吟。其形式，有属于近体诗之绝句，亦有属于古风类者，故未全宜以近体诗之格律衡量。且当前习写者不多，其用于社会服务者尤少。作者以"词不害义"之旨，能以旧躯壳，装载新内容，抒感情，达心声，斯亦可贵也。

其词，虽不是篇篇都有，然能在紧要篇章中，以此更为舒展、开阔、奔放之形式，以或激越慷慨、或豪迈热烈、或坚强有力、或委婉凄切之韵调，抒情达声，对读者，在情感已为故事所触动之基础上，会进而起到推助之作用，且不失遵守格律之严谨，更属于当前不可多得之妥举，故应更予以肯定和赞赏。

百千年来，望仙坪发生过不少奇闻轶事，广为传说。然时涉旷远，渐趋湮没。斯集之作也，可使地方神话仙话、传说故事，示之久远，且对八方旅客，可饷以精神食粮；对地方旅游事业发展前景，将起积极而深远之影响。其意义或不仅于此。

巩卓生

1991年4月

序 二

吟哦胜景传说美 游览仙山故事奇

2005年仲夏，诗友黄福祥先生，将这本《望仙坪传奇》手稿荐于我，想征求我对此稿的意见，并介绍说是他村屈允廉先生于十五年前撰写的。我先是浏览了一遍，竟发现此书稿有许多新奇之处。从书写形式到故事情节以及浓缩故事的诗、词，其文笔与构思均非同一般，引起我的兴趣与重视，于是建议将书稿出版。后来，二人同来我家磋商此事，并即邀我写序，其意十分恳切。兹将读后感记之于此，以了却二位之心愿。

屈允廉先生是户县蒋村镇白龙村人，曾执教十三载。1962年响应党的号召回乡务农。曾创建"白龙村科研站"，从事小麦优良品种的选育推广以及大田丰产途径的探索，颇有建树。曾被指定在户县首届科学大会上重点发言并获奖。后获西安市科协授予"农民技师"技术职称。曾任户县政协第七、八届委员会委员。我和先生一见面就有似曾相识、相见恨晚的感觉。老先生谦和、温文尔雅的学者风范，不由得让人肃然起敬。特别是书稿，字字句句抄写得非常工整，加上书稿中的首首诗词，更是吸引着我，是我看到的户县第一本专门撰写旅游景点传奇故事的图书，且书中自撰的一百余首诗词别具一格，使我联想到陕西乃至全国，许多王牌景点，都没有像这本书那样，把景点传奇故事与作者的自撰诗词相结合。可以说这本书做了开创性的工作，使人读后耳目一新，回味无穷。纵观此书，我认为有以下几个特点：

一是景物故事引人入胜。没有去过望仙坪的人，一读此书，就会被其中二十个景点故事所吸引。无论是疏导江河造福万民的大禹，还是彰显大汉雄风的汉武帝；无论是神话故事中的后羿、西王母，还是传说中的七仙女、嫦娥；无论是老子骑青牛经望仙坪讲经，还是王重阳创道教全真派的故事，都写得栩栩如生，使不少景点增加了传奇色彩，使人读后如身临其境，心驰神往。

二是诗壮景观，景如诗画。在望仙坪二十个景点故事中，作者用诗词这一特殊形式，进行了高度的凝练概括，使人印象加深。"飞龙卧虎俱呈形，挑北担南缀二坪。山水从来宜秀致，其容更在不雷同。"（《卧虎岭》）把龙脊虎背的卧虎岭自然风貌展现在人们眼前。"剑胆沟中看陡绝，赫然石岸巨刀切。若非仙女挥锋刃，人力焉能使错决。"（《剑胆沟》）把大自然的玄妙神力描写得惟妙惟肖。"七女七峰七俏莲，根节茎藕共一源。朝霞暮霭春风里，异彩奇姿若许年。"（《七女峰》）七朵峰峦，气象万千，峻拔陡峭，美不胜收。"幽洞深藏在岭阴，花封草掩总难寻。洞中谁鼓生风器，常使风清气爽新。"（《清风洞》）暑夏时人们向往清风洞，能在那里纳凉消暑，真有点做神仙的自在。"置帽弃冠翠岭阴，乌纱久戴恐乌心。不忻仕路惜山水，愿作逍遥世外人。"（《纱帽岭》）

山水清净，引来了不愿在官场受污蚀的县令，因而有了状如纱帽的故事。书中首首诗词，歌颂望仙坪的锦绣山水和人文胜迹，使读者梦绕魂牵，顿起无限遐想。

三是讴歌时代，景诗传情。望仙坪景观中有一个谓之"虹沟隧洞"的景点，是建于"农业学大寨"时期，甘峪口村干部群众自力更生开凿的石砌隧洞。每当雷雨交加，山洪暴发时，洞中巨雷轰响，构成非常雄伟壮观的场面。书中有诗云："东村群众志成城，治水伏龙气贯虹。隧道工程兴筑起，洪流被迫地中行。""时代新奇人创造，天工人事紧相关。""暴雨山涛卷巨澜，人民筑洞把洪牵。"……这些诗句再现了当年在党的领导下，广大群众战天斗地，改造山河的精神风貌，是在建设社会主义新农村的伟大事业中，最值得继承和发扬光大的。

四是诗味亦浓，又倡新韵。书中的诗词具有较好的艺术感染力，具有审美趣味。"古径残石踞岭阴，涧花崖树景常新。眼前似展三军阵，尽惹游人忆古人。"（《乱石阵》）诗出自作者静观，缘自人与自然的和谐。"世间之事在安排，谁是生来有用材？多少仄楞讹谬事，枯肠搜尽解难开。"（《吾用石》）以极其精炼的语言，营造出鲜活而具体又意在言外的诗境。"雨霁云收显半天，斜阳一派照青山。是谁轻展无声画？默默挂通龙女泉。"（《龙女泉》）诗的效果，重在抽象与具象的搭配，虚与实的结合。合理的夸张，出奇的联想，主观的想象，具有超现实的效果。"滔滔古水旁，厮斗事苍茫。历史峥嵘过，空遗古战场。"（《古战场》）时空转换，一下子从四千多年前夏启与有扈氏大战的主战场，转移至今天的古战场遗址，读起来苍凉悲壮。书中的诗词虽然采用的是中华传统诗体，但自咏的诗词基本上采用的是普通话新声韵押韵的，这对于一位年逾古稀的老人来说是非常难能可贵的。在当前诗坛旧声韵仍占主导地位的情况下，屈老先生与时俱进，带头使用新声韵作诗填词是值得倡导和学习的。

屈老先生本来可以在家含饴弄孙、颐养天年，但他心系户县旅游事业，情钟望仙坪景区的开发和建设。《望仙坪传奇》一书的出版问世算是完成老先生的心愿吧。

祝愿屈允廉老先生诗心不老，今后创作更多源于生活又具个性，群众喜闻乐见的诗词作品，为画乡增色，为诗坛添彩。

焦万利

2005年10月于户县朝阳小区

自　序

位于户县城西南十五公里处秦岭北麓的望仙坪，是我国道教全真派创始人王重阳的早期活动地之一。它很早就驰名关中，是未来者所向往、来过者再恋念的名胜游览地。民间很早就流传着"东有水陆庵（蓝田）、西有望仙坪（周至）"的赞美之词。

改革开放以来，随着社会经济的发展，旅游事业也蓬勃兴起。望仙坪作为户县西南隅的一个旅游区，其必要性和重要性也与日俱增。1990年11月，经省市专家评委会考察评审，望仙坪被给予高度评价，这使其在今后的开发建设中，无疑将"更上一层楼"，也是我县人民文化旅游生活中一件值得庆幸的美事。

望仙坪得到高度评价不是偶然的，这不仅因为它山水形胜，环境优美，文物丰富，建筑古老，而且与它悠久的历史以及世世代代所流传的丰富多彩的奇谈趣闻、神话故事密切相关。别看望仙坪是个山麓僻地、土石沟坡，原来这山区的沟沟岔岔、坡坡岭岭，到处都有劳动人民的足迹，所以也就到处都有名目繁多且富有神奇色彩的故事传说。但这些脍炙人口的美丽故事，却只限于口传，极少记于笔墨，致使众说纷纭，斑驳零乱，在一定程度上妨碍了它的美丽性与趣味性，会给游人的洋溢兴致之中，带来一点迷离气氛。

为了矫正讹传，填补不足，使其紧凑、圆满、连贯、集中，笔者在有幸参加望仙坪评价定级资源调查的活动期间，收集访问，涉沟陟岭，观察景点，核校对口，剔除庞杂，淘掉疵秕，但不绝对排除矛盾，最后以自然景物为基础，人景结合为原则，围绕汉武帝与西王母和启扈交兵两条主线，发展或压缩了故事情节，整理成这部故事册子，旨在为游者乘兴游赏之时，增添一些逸情别致，兜引一丝绕梁之趣。

但是故事终归是故事，未必真实。而真情实景，固属客观存在，然各人观点不同，领会各异，诗人、画家、专家、学者、工人、农民、军人、学生……各有千秋，甚或年龄特征的差异，感受上也会大相径庭。惟望各从不同角度，深玩细品望仙坪之山水神韵，领略启扈交兵古战遗址的风土人情，观瞻秦山甘水、千奇百异的珍禽佳物，必会深得个中奥妙，意趣横生。

为尽余意，于各篇末，附有陋诗、陋词，仅具形式而已，未尽合格，只冀加强气氛，并收抛引之效。

水平有限，乖错难免，希望耆老方家及热心者，多多指正。

屈允廉

1990年12月

目　录

望仙坪故事

西王母巧度汉武帝

初　度

青翠坪巧遇西王母

拒绿桃汉武望金仙

望仙坪位于甘峪河东侧，是秦岭褶皱带所推出的一座土石山坡。依山傍水，林木蓊郁，幽谷石洞，峭峰绝壁，物华绮丽，风景宜人，古时就成为游览胜地。由于地貌奇特多样，长期以来，民间流传着许多神话仙话故事，丰富多彩，引人入胜。其中望仙坪名称的由来，就是一个十分动人的故事。

两千年前的汉武帝，信神仙，好游猎。有一次，在一个春花盛开的日子里，他为了外出游历，不受约束，和大臣东方朔商量好了，在天色未明之时，从御马监牵出两匹马，叮咛御马太监和门卫不许外传，从宫城的后门走出。两人各乘一匹，离开京城，朝着西南沿山一带行进。一路上桃红柳绿，蜂游蝶戏，看不完的景色，赏不尽的风光，一时兴起，还要加上几鞭，赶跑一程。大约走了百里之路，来到终南山麓的一个小小谷口，只见风景秀丽，山水宜人，便向里面走去。刚刚走到一块大青石上，一只野兔突然窜出，几乎撞上马蹄，忽折一弯，连蹦带跳，脱逃而去。御马猛受一惊，打了一个趔趄，蹄脚失闪，猛将大石踏了几个深印。正在马上东观西望的汉武帝猛不提防，险些被闪翻在地。幸亏他马上功夫甚好，趁势做了一个"燕子掠水"的姿势，平衡了身势，同时来了个"鹞子翻身"，又复挺起。但这一来，他心中犯了嘀咕，以为这是不祥之兆。于是二人勒马回头，转出谷口，朝西走去。

走了不到二里之地，来到一座坡前。这山坡，比起刚才的小谷，更加秀丽别致。但见崔嵬坦荡，繁花似锦，林木蓊郁，翠霭氤氲。坡前有一村庄，住着几十户人家。君臣二人下马，将马寄于村口一家，然后徒步上坡。

这坡虽然宽不到三里，高不过百仞，但是道直势陡，走得君臣二人满身热汗，气喘吁吁，走了半晌，方才到得坡顶。但见兀平开敞，沟壑纵横，山峦叠嶂，草木芃芃，顿觉心情舒畅，精神轻松，只是口有些渴。正想找寻水喝，却巧迎面走来一个老妪，和颜悦色，捧着一碟青桃，朝向二人，说声："客官想必渴了，请吃此桃，可以生津止渴。"

却说这汉武帝，生在皇宫，长在禁内，山珍海味，凤翅燕尾，熟好的瓜果，外贡的美味，什么没有吃过，什么没有尝腻，哪里把这几枚绿桃放在眼里。且这绿桃，毛茸尚未褪去，一见先自牙酸，怎能进得口内。何况，邂逅相遇，不知来历，焉能轻易进食。

且说那东方朔，他看这老妪，童颜鹤发，明眸皓齿，气宇不俗，料必不是凡人。且正值春华之季，桃子孕育时节，哪里来的偌大桃实，必有一番来历。于是接过青桃，食了两枚，虽觉有点酸洌，倒也清香爽口。汉武帝见他食得痛快利落，便索性叫他全都食了。那东方朔并不推辞，一共六七枚青桃，全都吃了下去，顿时香气冲鼻，口内生津，浑身轻爽。那老妪看着时机已到，随即说了声"随俺去也"，只见一朵祥云平地而起，东方朔和老妪悠悠乎渐离地面，升向空中。老妪在空中露出本相，玉佩珠霞，凤冠紫带，原是王母。汉武帝这才恍悟，后悔自己日常西望瑶池，梦寐以求成仙，今遇王母赐桃，不该拒食，失去成仙机会。于是纳头便拜，口呼金母。王母只是微微颔首，并不言语，驾着祥云，和东方朔冉冉西移。汉武帝此刻如醉如痴，只是仰首西望，呆若木鸡，直到二仙游到河西上空，渐渐地看不见了，这才如梦方醒，怅然若失，忍着饥渴，回身下山。

不说东方朔跟随王母去到何处，却说汉武帝下山，去到寄马人家，讨得一碗水喝了，交代好了东方朔之马，牵了自己之马，出得门来，跨上马背，向西走去。走过甘峪大河，沿着河坎，顺着水渠（此渠原是启崀交兵时，白龙村人民叠石垒堰，将甘峪河水引上西岸，供军队和村民用水之渠），欲待向北走去，却是日已西沉，夜幕降临，自己人地两生，何处栖身。正在踌躇为难之际，却见小路西侧，有一山石小沟，沟口有一茅屋，柴门紧闭，于是下马，上前叩门。门内走出一位老妇，山民打扮，农家装束，问客官何事。汉武帝便说路过此地，天黑借宿。那老妇满口答应，叫他把马拴于屋后院中，给马头前放了一束秸秆，让马啃嚼；将自己的炕腾出，让客人住，她自己却拐弯摸角，跌跌撞撞去邻居家里住了。

且说汉武帝从天不亮出发，一路鞍马劳顿，亟待休息，一旦睡在这个土石炕上，虽然被盖单薄，却比龙榻还要舒适，立刻进入梦乡，打起呼噜，不知东方之既白。当他忽然听得山间鸟语、脚下流水时，抬起头来一看，已是鹰翔燕舞，红日高照。环顾四周，打量铺位，不见了茅屋，亦不见土炕，自己是睡在小山沟口水渠岸旁一面大青石上。他十分惊奇，看那马，仍然安详地拴在原树上，等候主人的来临。汉武帝这才明白，又是遇到了王母。不免又是一番懊丧、叹息……

他牵了马，沿着渠岸小路向北走去。走了约莫一里多路程，在白龙村南的蟾岭东侧，忽见空中祥光缭绕，紫霭腾辉，东方朔和王母冉冉向北，东方朔微微俯视，向他招手示意。他心里十分着急，想着难得在此又遇二仙，我该怎么办呢？欲待高呼求渡，转念又思惭然无颜。于是一边走，一边仰望，走了不过几十步路程，猛然失足，踏垮渠岸，坠倒水中。原来渠水在此形成一潭，他只顾凝神仰望，未顾脚下，才有坠足之失。这一惊，非同小可，不但他自己受了惊，连正在空中的东方朔也猛吃一惊。当他正待挣扎起身之时，东方朔猛地从空中落下，将他扶起，口称万岁受惊了。汉武帝这时心潮翻滚，不知说什么好。东方朔又说："伏望龙体无恙，速回宫去，恕臣失陪。"说着，架起祥云，毅然追随王母而去。这时他又恼又气，又是一番惆怅，万般叹息，拧了拧裤脚上的泥水，抹了抹臂袖上的泥污，垂头丧气地牵着马北去。

却说汉武帝那日，天未明离开皇城，众大臣朝拜，久久不见汉武帝驾临，以为龙体有疾，便去寝宫问安。一看龙榻上，只有龙衾，却无人迹。贴身内侍，亦无所知。皇后、太子、诸嫔妃，全无人知。皇宫大内，寻了半天，还是没有结果。大家一时慌了手脚，不知所措。此时有一大臣，根据汉武帝为人，豪荡不羁，且有微服外出之习，想到此番，十有八九，又是私自去了。他忙去御马监，查点御马，发现少了两匹，且众臣中亦不见东方朔。一经盘问御马太监，才知汉武帝和东方朔牵马出城，不许告知任何人。及至盘问宫城守卫，所言相同，并说皇上向西南方向走去。众大臣立即决定太子监国，文武百官中几十个人，带领羽林军几十人，总共不下百余骑，离开京城，向西南方向找去。一路上饥餐渴饮，自不必说。寻东扰西，惊得州县衙门，惶惶恐恐，不敢怠慢。就这样，折腾了大半天，只见金乌西坠，玉兔东升，只好就在州县歇宿。

第二天一早，又是四处找寻。找着找着，找到一个山坡村前，正巧，这村就是汉武帝寄马之处，村口一户就是寄马人家。主人言说，寄马者乃一高一矮、一魁一小二人。那高者下山后牵马西去，矮者还未下山取马。众臣心里有了底，即刻赶骑，过河寻驾。

过了甘峪河，沿河渠路窄小，骑马不便，于是纷纷下马步行，经过蟾岭坡东，至白龙村北，询问众人，一驼背老人言说不到半个时辰前，向西走去一个骑白马的高大客人，此刻可能走不远。众人沿着所指方向，向西北驰驱而去。

大约赶了六七里路，至一村庄，一经询问，言说有一高大客人，骑马穿街而过，向西走去。

话分两头，却说汉武帝此时，正在一个村口，向东坐石休息。忽见对面不远，扬起飞尘，一群人马赶来，看看就近，原是朝中大臣。众臣一见，果是汉武帝，慌忙下马，匍匐于地，连呼万岁。汉武帝赐声："众爱卿平身，卿等为朕辛苦了。"众臣才得起身询问："陛下为何独身到此？东方大人何去？"汉武帝这才将出皇城迤逦观山水，马峪沟闪骑印蹄迹；望仙坪巧遇西王母，食青桃东方忽成仙；日沉西借宿茅屋内，天破晓独卧青石上；遇仙观再见东方朔，卧龙潭失足坠龙躯；乘白马穿越王过里，遇驾村得遇众爱卿之事，一一说了一遍，并说他要乘马西去，直向昆仑，寻找王母，以求长生之术。众位大臣哪里肯依，只是百般劝慰，苦苦哀求，并以"白龙鱼服，见困豫且"为喻，这才劝得汉武帝上马同归。

汉武帝回朝之后，选匠氏，集木石，建宫于是山之上，塑像虔拜，此山被称为"望仙坪"。从此，还留下了马蹄沟（马峪沟）、千御口（甘峪口）、观西坡（观汛坡）、消逝沟（小石沟亦说大石沟）、卧龙石（大青石）、遇仙观（榛枳庵）、卧龙渠(甘水渠)、卧龙潭（蟾岭东麓水潭）、王过村（王郭村）、遇驾村（余家村）等与汉武帝有关的名称和故事。

就是这个把古代历史中的人物汉武帝与神话传说中的西王母结合起来，构成望仙坪的奇谈趣闻以及由此衍生诸多名称的故事，引得千百年来，远近游人络绎不绝，浏览风光，以饱眼福。今有诗以感叹汉武帝此事：

错　机
内苑曾陈承露盘，欲求天液益君年。
眼前逢引却无识，徒错仙机不自安。

桃　谜
点引原无现本身，青桃绿果指迷津。
东方乖巧乘云去，汉武无缘只作君。

惆　怅
失蹄马谷遽回鞭，辗转坪头巧遇仙。
怅望西坡仙去远，凭谁作伴下青山。

未　悟
不见新春三径冷，焉识桃果所来奇。
若能参透其中理，早也仙班注户籍。

借　宿
此夜龙床骤空闲，卧龙石上自酣眠。
平明不见茅屋在，御马依然立树前。

扶 驾

遇仙观处又逢仙，望眼巴巴欲望穿。

坠脚龙潭殊晦气，幸亏扶驾落云端。

寻 访

微服出览到山边，旖旎风光美可餐。

不是朝臣寻访遍，黎民谁晓汉皇颜。

东 方 朔

朝朝承宠于君侧，巧借滑稽避触威。

既获仙桃当劝飨，独吞难道不心亏。

浪淘沙·拒桃望仙

双骏并雕鞍，同赴仙山。村头寄马慢登攀。潇洒跋足抒快眼，热汗涟涟。

一妪捧桃盘，奉送王前。可惜皇帝拒食餐。从此竟成千载憾，怅望金仙！

再 度

姐妹馆将食山野味

忽报警露盘罹危机

望仙坪本是汉家上林苑的一部分，因而也是皇室成员游猎赏景的常去之处。

却说汉武帝那一年拒食绿桃，错过机会，未得成仙，徒遗望仙故事流传，后悔莫及。回宫后，命工部选匠氏，集木石，建宫于望仙之山，并塑王母金身像，派员主持，岁时清供，朝夕朝拜。光阴荏苒，日月如梭，不觉过了四五年。一日，王母忽然想起，汉武帝虽然尘心未净，但其欲仙态度诚恳，心志急切，不如再去点化一回，促其尽早成仙。于是派了一名年龄较大的侍女，扮作道姑，到长安街串巷化缘，相机宣传，说王母三月十三要赴望仙坪会仙，并令找些小儿，教其童谣，散传谶语。

道姑先把谶语教给几个聪明伶俐的小儿，那几个小儿边蹦蹦跳跳边念："春逾半，月十三，风和草绿艳阳天，王母娘娘会神仙。乘青鸟，驾凤鸾，悠悠荡荡降坪山，要为苍生送平安。"其他小儿也蹦蹦跳跳念唱起来。不几天，传遍了全城。消息不胫而走，传进官署，传进皇宫，传到皇帝耳中。汉武帝心想，童谣谶语，常多应验，想必王母今年三月十三真要在望仙坪大会神仙，这倒是个会见王母、争取成仙的大好机会，这难道是天意扶助我吗？于是下令礼部，以封禅之礼做好准备，到时候赴望仙坪，迎接王母以及众仙。但不得泄漏皇家身份，只以一家富户名义，上山安排朝参。礼部遵命，做好了一切准备，期待着即将来到的这一天。

到了三月十二，这一天汉武帝早早起床，收拾好了随身用物，用过早餐，早早出发。他带着两个随行重要官员、两个侍卫以及两个有点拳脚功夫的随身宫女和一个马夫，俱作游客打扮，各骑一匹骏马，朝向仙山。一路上桃红柳绿，阳光灿烂，蜂舞蝶戏，田畴片片。汉武帝是个重山爱水最喜游赏之人，见此良辰美景，不知不觉，心神飘荡，情不自禁，于是兴致勃勃，马上随口而吟曰：

　　　　春醉人兮三月天，行八骏兮赴坪山。

　　　　赴坪山兮参天地，参天地兮会神仙。

　　随行人员，个个也都眉飞色舞，心旷神怡。鸟声嘤嘤，马蹄丁丁，悠悠荡荡，快快乐乐，未抵半下午，便到了山下。在村口找了寄马人家，命马夫于此看马，他和其他六人便迤逦徒步，踏上青山。

　　汉武帝一行，将近山巅，转身舒缓，环目四望，更是美不胜言。村舍鳞次栉比，春汛河水滔滔，红霞染照山冈，春风拂面不寒，麦田荡漾如波，生机处处如画。汉武帝此时醉如做神仙不觉上了山巅。礼部大员早已在此伺候接驾，经过接风洗尘，随即进餐。饭后，汉武帝仍很兴奋，更欲攀谈，但因毕竟劳顿了一天，在众官进劝之下，还是早早登上床榻，进入梦乡，大家才都得以安眠。

　　第二天便是三月十三。汉武帝一夜睡得很好，精神焕发，很早用了晨餐，然后随带一行众人，四处游览。当他首先游到昔年仰首望仙之处，不由得四顾了一下，然后感慨万千地吟出四句心言："当年在此山，翘首望金仙。但见仙云远，唏嘘对谁言！”众人见帝心有伤感，连忙一齐跪下劝慰，请调换心情，另向他处游览。汉武帝于是和着众人，游完前山，又游后山，近瞻橡林，远眺漆岭，上望皇天，下观后土，只觉天地无比宏大，宇宙浩瀚无穷，纵为万乘之尊，亦无与之伦比。继而又向东行，跨过东西横沟，缘于南岸坡面向北观看，眼见林木葱郁，声闻溪水潺潺，对面悬崖峻陡，半壁石洞幽悬，觉得好个去处，真是神境仙源，赞叹不已。继而前行，至一南北小沟下口，越过此口，即抵北面一沟，但见巨石堆叠，杂乱狼藉，森然如阵，询之，导者告曰：“昔日启伐有扈，有扈兵败逃此，山崖阻隔，士卒难进，其首领挥拳振臂，砸垮崖壁，士卒才得越豁涌逃，进入深谷，这些石头，即为山崩崖裂时之滚积破物。”汉武帝听之，觉其实为英雄壮举，不禁喟然叹曰：

征尘起兮战风扬，雄兵溃兮齐奔藏。

山垣颓兮石滚飞，江山重兮代价昂！

随行诸人观之闻之，不免亦有同感。

至此，汉武帝抬头看看天色，觉得不能再向前行，该是王母来到的时候了，于是率众返向坪山前苑。前苑甚为宽敞，摊点杂卖甚为丰富，五花八门，摆设成行，游人络绎不绝，沿着山路纷纷走来。

诸杂卖中，尤以饮食最为惹眼。其中有一席帐为棚的临时饭馆，规模虽然不大，但设置拾掇得净洁雅致，十分诱人。馆口酒旗上写着“山村素菜，姐妹餐馆”八个醒目大字。内有八位山村妇女，忙手忙脚，各执一事，倒也热闹红火。其中一位，似近中年，端庄雅健，举止言谈，大方自若，看样子颇有修养，料其必是餐馆主事。汉武帝看得热心起来，近前询问。

那女人言谈有素，态度诚恳，告诉汉武帝，所卖者全系山中野味、农家淡酒，客官若还不嫌，不妨试尝一回，如不可口，可不付钱；若觉美味，敬请逢人宣传宣传。汉武帝觉得言之实在合理，而且宫室里的佳肴美酒，早已食厌喝腻，能够尝尝山蔬野菜，喝喝村酒，定会另有风味，获得新鲜之感。于是决定就在此下餐，遂吩咐同行六人齐坐于此，同桌共餐。须臾，餐馆姐妹将杯盘肴菜迭次送上，一俟上齐，汉武帝各问名目。那位女主事者，分别指而告曰：此为香椿清炒；此为山菁凉调；此为锦鸡烧烤；此为清炖鹿羔……一一说了一遍。特别指出，这香椿嫩叶新梢，原出自一棵长于深山、寿八千岁的大椿树上，据说久食可以长生不老。我已一百二十岁了，因食此树香椿，身强体健，容颜不衰，走起路来，身轻足捷，翻山过岭，如出平地。这酒原用高山稞麦、深谷泉水酿制而成，始尝味淡，愈喝愈香，多喝不醉，少喝味长，亦可开肠健胃，益寿延年，请客官放心畅饮。汉武帝越听越中其怀，不由心花怒放，大展快容，准备这一顿一定要敞开襟怀，吃饱喝足。

汉武帝此时心情十分愉快，一手举箸，一手捧杯。餐馆姐妹连忙举壶，先给汉武帝满斟一杯，然后斟向他人。待一轮斟齐，大家同时举杯，共祝"老爷"寿筹永添。汉武帝方待伸箸夹块，只见其中一盘，铜色金亮，似曾见过。但未细想，只是一念闪了过去。于是夹起一块，轻轻掭了一下，未抵口边，即已闻得清香扑鼻，非同一般。方待吞咽，忽然帐外跑进一人，气喘吁吁，急声高喊："老爷，不好了，院中那盘，早晨还在，忽然不见了，可能被哪个能飞檐走壁的江洋大盗偷窃去了。现在全城封锁，交通禁绝，一切活动停止。十万军兵，剑拔弩张，力待擒贼。宁射其死，不让其逃，刻不容缓，请老爷速回定夺。"汉武帝闻此，大吃一惊，心思这金铜仙人承露盘，是寡人的命根子，若果丢而不复，则寡人命不久矣！再看那人，乃是兵部那位常传急迫军情的飞足长腿将军，既是他来，必然情况紧急。想到此，不由得手指颤动了一下，便将箸头那块香肴掉于桌面之上。这一下，汉武帝反而心清神醒了，无心再顾那桌盛筵，于是当机立断，离开座位，右手一挥，说声下山立回，并命来报消息者前面先回。当桌六人便即跟随汉武帝下山，各自骑了来时之马，寻着长安大道，加鞭急驰，不多几个时辰，便到了皇庭内苑。马夫将马收回马监，皇帝等人直奔金铜仙人面前，仰首上看，只见铜人手中空荡荡的，果真不见那盘。环顾四面，正当张目搜看之际，忽见空中不远处一位妇女，玉佩珠霞，凤冠紫带，形貌举止很像野味餐馆那位中年主事，只是比其苍老一些，不是王母，又是何仙？那位妇女，手捧一金色小盘，驾着祥云，冉冉而来。及到铜人上空，将手一松，丢开那盘，说声谢谢，借用一时，今将原物送还，速快撤除城禁，莫要惊扰百姓。还说了声皇上保重，本仙去也。于是飘然而去，随手撒下一块丝绢。这时，汉武帝身旁侍女，将那盘拾起，呈于汉武帝。汉武帝将那盘拿在手中，看了一看，摸了一摸，掂了一掂，觉得和姐妹餐馆餐桌上盛肉的那个铜盘，形色大小，一模一样，于是心中大悟：原来那八姐妹，正是王母和她的七位仙女！那主事者定是王母，又是王母试验我了！心情非常激动，急忙抬头，仰望王母。只见王母，愈去愈远，愈看不见。不禁心潮翻滚，眼中含着泪花，几乎掉了出来。这时，一位侍女，将空中飘落下的那块丝绢呈于汉武帝。汉武帝接过一看，上面写着：

　　　　仙在阆山莫远求，阆山只在汝心头。

　　　　心中常为民着想，得道成仙不用愁。

再往下看，又有四句写着：

　　　　民重君为轻，本立而道生。

　　　　天人共健兮，海宴而河清。

看罢，这才心有所悟，收了愁容，当即命令监护铜人每日收取天露者，缘梯而上，将小盘置于铜人手中。真道奇异，那小盘归位之后，忽然金光闪耀几下，立时恢复变大，大得和原来一样。

见此情景，汉武帝这才露出笑容。看看天色渐晚，即便打发众人各自回府。两侍女亦搀汉武帝回向后宫。汉武帝心思，坪山会仙，已成泡影，今番再无可能。于是下令，命还在坪山知事的礼部官员，将所备封禅礼仪从简，礼物从约，祭天祷地之后，立即回朝。并宣布：王母娘娘乃望仙坪首座仙长；望仙

16

坪为神仙聚会之宗地；每年三月十三为望仙坪庙会之日。

旨意一经公布，人人俱知，群情洋溢。于是，这一年一度的望仙坪游览盛会，从三月初十便开始，十三到高峰，十四下午结束。这五天里，云霞灿烂，春光明媚，花香鸟语，人群萃集，生意买卖兴旺，戏曲杂耍新奇。由东道主村起，经过山道，到仙坪前宫后殿，几里之长，成为秦岭北麓最为热烈的风物人文两相辉映的绚丽景区。

西王母再次点度汉武帝之叙，于此告一段落。有诗以述此事：

其 一

百里迢迢到远山，安排部署巧周旋。

仙食尚未投皇口，忽报丢失承露盘。

其 二

承露金盘似命根，丢失岂可不惊心！

当即回驾是情理，但错仙机哪里寻？

其 三

汉武实为社稷才，偏偏梦想入仙台。

良机几次轻失掉，志大无缘亦可哀！

其 四

勃勃豪俊是英雄，好大喜功其特征。

国库耗竭民力尽，求仙糜费到头空！

水调歌头·汉武再次失仙机

春暖百花盛，野味正香浓。金仙再度皇帝，开馆望仙坪。不拒询长问短，答对言和语切，娓娓动人听。香块未投口，忽报有急情。

承露盘，骤不见，帝心惊。急急离座移驾，驱骏赶回宫。果见仙盘无影，原是金仙妙弄，云际显其形。可叹汉皇帝，后悔更伤衷！

岂天意只顺一人行（自度曲）

胜地仙坪，山碧水滢。有崇峰峻岭，巍峨壮丽；千沟万壑，蓊郁葱茏。曾当年，汉武在此失仙机，遗憾不已。更后日，欲弥前失寻机遇，仙盘飞踪。实堪嗟，事不从！

休怨天，勿尤人，只缘欲壑难平！既得人间极富贵，又求不老而长生，岂天意只顺一人行！秦皇千古一帝，搜尽不死留笑柄；汉武蹈其覆辙，帝心像都一般同。新代陈，乃规律，自然法则难抗争！

三　度

遇大雨坪腰购草履

弃敝履徒失乘云机

　　望仙坪位于户县西南隅秦岭北麓甘峪河口东侧，距古都长安不甚远，属汉时上林苑之山麓景区，皇帝狩猎游览的天然动植物园。

　　西汉武帝，英俊潇洒，豪荡不羁，最爱随带数从，微服出游，走险猎奇。他位极人皇，享尽荣华富贵，但还心不满足，既立金盘承天露，又访神仙求不死。闻说望仙坪（汉武帝于甘峪河口东侧一青翠坪望仙后始有此名）是西王母的行宫驻地，他便数度于春暖花开之时，或扮作官家富户，或扮作游客商旅，去望仙坪，谋会王母，以求长生之术，并进而跻列仙班。

　　然经王母几次巧度，他总陈习未改，尘念未息，迷而不悟，以至坐失良机。但他心志不移，多回数遍，寻找机会，总想达到目的。

　　正是：

　　　　错认登仙事可求，总把悬念不轻丢。

　　　　秦皇当年心用尽，到头获得万事休！

　　这汉武帝虽未像秦皇那样，派方士远涉海岛，求不死药，而却亲自东奔西找，谋会神仙，鞍马劳顿，苦用心机，但所得者，事与愿违！

有一年，春暖花开，望仙坪三月正会日前一天，天清气朗，为了不惊动臣僚，他于大清早便单人独骑，径自出发，策马来到望仙坪下甘峪口村，找了一户寄马人家寄托了马，然后手提香烛，独自微服上山。果和往年春天一样，一路山明水秀，花红树绿，鸟声悦耳，空气清新，男欢女笑，熙熙攘攘，看不完的美景，享不尽的烂漫，这一切，实在令他痴醉迷恋。此时此刻，他的心情非常愉快，精神十分饱满，不住地瞻东望西，赏北观南，忙了一双快眼。

然而天有不测之风云，人有未卜之休戚。就在他兴致勃勃走得正起劲的时候，忽然浓云密布，天色昏晦，接着风摇树摆，长空闪电，疾雷滚滚，禽逃兽匿，猛然一声霹雳，大雨接踵而至。坡面禾草，即时湿漉漉的，路道晃晃流水。行人毫无防备，顿时衣物全湿，眼被水迷，纷纷乱跑，东栽西歪，各寻避雨之地。汉武帝亦不例外，一无所措，莫得主意。

天公宁不作美，风雷雨电，四象全集，谁敢连衣带水到大树底下躲避，只好硬着头皮，挤着眼睛，拖泥带水，顶风冒雨，再度前进。

幸亏很短一阵，天公老儿的这场恶作剧迅速过去，太阳公公有气无力地露出笑意，好像自咎地说：对不起，我也无能为力！这时候路上停了流水，泥泞一粘一拔，实在难以行进。而这贵为君王的汉武帝，此时也和大家一样，一筹莫展，在泥泞中，一拔一拐，艰难前进。

忽然，他看见右前方不远处，有一中年妇女，被雨淋得如落汤鸡，两肩上还搭掛着几筐草鞋，足上也还套着草履。汉武帝连忙抬脚甩泥，加步走了上去，问那妇人："是卖的吗，这些草履？""是的，客官！""你怎么早就知道天要下雨？""并不知道。但这草鞋，是穷苦人上山常用之物，我趁这山会期间，人多好卖，才来这里，谁料偏逢大雨。早知如此，今日哪肯赶来受罪！"汉武帝一听，原来如此，便再问她："现在卖不？"那妇人道："卖，卖，本为上山而卖。下雨穿草鞋走山路更适宜，比布鞋皮靴好得多。"汉武帝又问："此鞋何名？"女云："登云草履。"汉武帝淡淡一笑道："卖就卖了，何必说得那么神奇？一双草履，哪有如此大的神力！要多少钱一双？"那妇女道："一双敝履，能值几许！凭客官所赐，贫妇人绝不在意，今日若卖不过，还得背它回去。客官若无带钱，送也送一双去。"汉武帝一听，将这妇人上下打量了一下，觉得她倒端庄大气，温柔和蔼，言谈在理。于是从衣袋中掏出几铢汉币，递与妇人，并顺手接了那妇人递过来的一双"登云草履"，立刻蹲下腰来，从脚鞋之下，向上套鞴。由于他人高脚大，这鞋套起来有些偏紧。但因为没有比这大一点的，也就只好将就用了。拾起身来，说了声"行"，向前走去。草履粗涩，走起泥陡路来，十分脚稳防滑，心中甚为满意。那妇人随即十分郑重地叮咛他："一到地方，将它拾掇起来，不要抛弃，以便随时有用，切记！"汉武帝听了，漫不在意地随口诺了一下，心里觉得这乡村人，实在诚实善良，不像城里有些市井小人，薄情寡义。于是高高兴兴，只管向前走去。后边有人看见这位客人，买了那双草鞋，走得甚为起劲，纷纷也来购买。这妇人，因带货不多，供不应求，她好像心中有些过意不去。

却说汉武帝那边，眼看就要走上坪顶，草履的荷麻口绳，却被粘泥拽断了，一走一掉，反成累赘。于是汉武帝索性将它脱掉，用劲向空一扔，并且诙谐地说道："谢你，请登云去！"他满以为这鞋将会当即落地，然而并非如此。那双草履却如鸟儿，款款飞起，悠悠乎朝向云里。汉武帝十分惊诧："这鞋果能登云，真是稀奇！"不一会儿，两只破敝草履，又慢慢地飞出云际，并且相夹带着一块绸绢，各自扑棱抖动了几下，将绸绢抛落地面，然后缓缓朝向云天飞去，仿佛双凫或双鹤，自由自在地在云中遨游，直到望而不见。这才是：

> 购脚力双禽作草履，
>
> 弃草履仙鸟回云中。

汉武帝这才如梦方醒，深为后悔，连忙上前，捡起绸绢展开一看，只见上面写着几行话语，笔墨流畅，字迹娟秀，他便心思："这必定出于巾帼高手，女中才俊。"他一边赞叹，一边默念着那几句话：

> 坪高坡陡路滑泥，欲上仙山无天梯。
>
> 雪中送炭草鞋妇，解去眼前燃眉急。
>
> 苦口谆谆一番语，莫将敝履轻弃遗。
>
> 君王岂重此心意，过河拆桥丢仙机。

22

汉武帝这才恍然大悟，心思原来那位卖草鞋妇人又是王母，她以"登云草履"度我，并且明示"不要遗弃此物"。我却不解，只作等闲破履视之，竟自轻易抛弃，实在愚钝，有负王母一番苦心。此事看来再也无希望了。

他心里想着，脚下走着，无精打采，郁郁寡欢，挣扎上了望仙坪顶，走到王母宫前。他和众人一样，渐次走到神龛供桌之前，只见王母金身塑像，栩栩如生，他略略注视了一下，只觉心潮翻滚，忐忑不安，连忙上前，燃起手中束裹于油纸内的蜡烛和徽州沉香，分别插于烛台香炉，然后退至蒲团，揖了一下。这时，站在神龛前面桌旁的一位温文恬静的道姑立刻"咣"的一下，敲出一响扣动人心的磬声。那磬音悠扬浑洪，令人遐思，仿佛王母就在眼前，慈祥而自若地观望着众生，承享着人间的香火礼遇。在接连几响的洪磬声中，汉武帝叩拜已毕，他走向靠近道姑的那张桌前，掏出一锭银币放于桌面，以示布施。那道姑不慌不忙，一手略举，做了一个虔诚的表谢手势。汉武帝略略视了一下，思惚间，觉有一些似曾相识。然后退在一旁，走看两边墙面壁绘。一边《万仙朝王母》，一边《老子一炁化三清》。然后走出王母宫，又朝拜了其他殿宇。因无心绪进赏山景，于是回身下山，随便买些顺口饭食吃了，这才到寄马人家去付钱取马，独自闷闷不乐地骑回长安宫中。

东汉以后，佛教传入中国，或仙或佛，往往以蓬头垢面、衣衫褴褛、仪容不整、荒诞怪异的形貌，惩治邪恶，扶救苍生。或隐去法身，现其化身，以美色金钱诱惑，猛兽魔怪恐

23

吓，考验、考查和引度渴求成仙成佛的人，使其登上仙界或进入涅槃。八仙中的铁拐李，就常以一腿脚残疾、终生挂拐的形象，出现于多种场合。灵隐寺的道济和尚，就常以衣衫不整、用物破敝、心地正直、扬善惩恶的形象出场。《红楼梦》中的癞头和尚、跛足道人，也都是这类佛仙人物。至于道根深厚的仙界首长西王母，则更是常用变换戏法、考查善恶、真心诚意度人成仙。她三度汉武帝，就是非常典型的事例。她化身为卖草履妇人，以草履为脚力，引度汉武帝，这本来很简单容易，但却难成功。

王母原希望汉武帝到达坪顶后，即使脱去破敝草履，只要能够暂放一边，以俟朝拜之后，倘若能够将草履"敝帚千金"，收存善待，她便引他在昔年望仙之处立地成仙，并将实为一对仙鸟的这双草履赐赠他，作为腾空驾云、步入仙宫的永久脚力。可谁想到，汉武帝刚刚度过泥难，就忘去旧恩旧德，将因全力支持他而破损的草履，视为再无用处，竟不遗余力地远远抛弃，免其制麻烦、杀风景、损体面，毫不犹豫地采取了"过河拆桥"的果断弃绝措施。王母见此情景，只好作罢。

汉武帝这次又错过了仙机，十分惋惜，回宫以后，非常悲观，常常食不甘味，睡不安寝，郁郁寡欢，伤心自责。又过了几年，最后以在位五十四年、古稀之岁的寿龄驾崩正寝。

他去了，满载着宏大的建树而去了，也抱着深深的遗憾而去了。王母三次度他都没有成功，但所留给后世人的话题，却意蕴丰厚，值得咀嚼和深思。谨以叠韵数段以叙此事：

春和煦，
日色鲜，
仙坪盛会艳阳天。
红男绿女齐欢喜，
赏心悦目朝仙山。
欣享好景观。

汉武帝，
亦心欢，
早起龙榻早用餐。
兴致勃勃急赶路，
望仙翠坪去朝参，
谋求会金仙。

足行健，
目览宽，
鸢飞鹿跑各自然。
红花绿草山色秀，
细浪清流水潺潺。
万类共婵娟。
天剧变，
山敛颜，
四面聚合云滚翻。
风雷雨电齐演奏，

坡陡路滑寸步艰。
进退都费难。

雨停住，
云撒迁，
太阳公公重露颜。
山地泥泞路滑险，
一步一拔难进前。
此时都一般。

抬头看，
右前边，
一妇草履搭双肩。
汉武上前买一双，
着脚抵滑辟泥团。
解得君王难。

口绳断，
近山巅，
一扔破履上青天。
破履竟能遥遥去，
如同双鹤入云端。
落绢叙咎偏。

方醒悟，

才细参，

又是王母用机关。

觉来知悔为时晚，

苦心终是难成仙。

此情令人怜。

汉武帝一生，豪放果断，敢想敢干，雄才大略，雷厉风行，改革显效，功业不浅。然而重刑罚，急征敛，好大喜功，崇重神仙，严重糜费，使西汉从走向顶峰转而到国库空虚，民生凋敝，人口大减。有诗以感叹汉武帝：

承业文景践皇极，英俊堂堂一面旗。

内行改革振经济，外拓疆土御强敌。

大兴土木急征敛，崇神糜费民劳疲。

国库大虚人口减，振而复蹶嗟何及！

又有一阕《蝶恋花》词，非为褒贬，意在醒世：

御宇当如汉武帝。秉政持权，振武修文治。经济改革夺胜利，雄才大略谋国计。

御宇莫学汉武帝。厚敛横征，挥霍尤糜费。好大喜功国力瘁，民生凋敝成深罪。

古 战 场

　　大约在公元前两千多年的时候，社会正处在原始公社制时期。有很长一段时间，天降大雨，庄稼被水淹没，禾谷不能生长，黄河、淮河、长江中下游流域，整个成了洪水世界，人们爬上山洞去居住，在树上做窠巢。地面草木茂盛，禽兽愈来愈多和人争地盘，随时侵袭，人们苦难不堪。这时的首领尧（后世人称帝尧），思想负担很重，忧心如焚，便命崇伯鲧治水。

　　鲧生性倔强，刚愎自用，用"堙"和"障"方法治水（就是用泥土堵塞和阻挡洪水），非但没有治好，洪水反而愈涨愈高，九年没有成功，人们的苦难没有解除，尧（亦说是舜）就在羽山把他杀死了。

　　尧将首领的位子禅让给舜（后世人称帝舜），舜又任命鲧的儿子禹去治水。"伯禹念前之非度，厘改制量，疏川导滞"。禹继承了他父亲治水的精神，却改变了他父亲的错误做法，变堙障为疏导。他率领治水专业队及民众，凿龙门、开巫山，走遍九州万国，引导洪水汇流成江河，并导河入海。艰苦奋斗了十三年，终于把洪水治平，解除了万民的痛苦，恢复了原始农业，立下了不朽功劳，得到了万民的爱戴和舜的信任，舜便将首领的位子禅让给禹。

　　禹在治水的过程中，他的助手伯益，贡献大，有能力。他年老之时，提出将领袖的位子禅让给伯益。禹死后，他的儿子启杀伯益，夺了领袖的位子，总揽了部落联盟的大权，结束了帝位禅让的制度。

原始公社制本来就不是永恒不变的，它随着生产力的发展也在逐步地进展。禹在治水过程中发明了灌溉，开发了水利，农业得到恢复和发展之后，生产渐有了剩余，氏族内部日渐发生了侵占和分化，逐步产生了剥削和压迫，出现了阶级，原始公社制逐步在解体。另一方面，战争抓来的俘虏，不再残酷地被杀死，而是被强制劳动作奴隶，萌生了奴隶制经济和阶级关系。

启既夺得帝位，便成了最有权力的人，最高的统治者，最大的奴隶主。他不但不像他父亲那样做人民的公仆，而且吃酒作乐，剥削压迫人民。那时候，有一个同姓（姒姓）小国有扈不服，启便兴兵讨伐有扈，大战于秦岭脚下甘峪河侧，败之，灭其国，罚有扈氏首领为牧奴，从此建立了中国历史上第一个奴隶制王朝。启以后的帝位，传给他的子子孙孙，开创了私传的先例。

"启与有扈大战于甘之野"，是我国古代历史上一个划时代事件，我国古代史书《尚书·甘誓》有记载。现在户县甘峪河东侧望仙坪前一带，就是当时的主战场，今为古战场遗址。有诗词叙此地此事：

其 一

此地山形险，刀光剑影寒。

昔时鏖战地，甘誓有斯篇。

其　二

冰炭不同炉，同宗启寇仇。

雄师甘野誓，有扈败为奴。

其　三

争逐秦岭麓，定鼎古河头。

胤继开先例，江山四百秋。

其　四

滔滔甘水侧，厮斗事苍茫。

历史峥嵘过，空遗古战场。

西江月·坪前鏖兵

帝启英豪雄武，扈国拒不屈挠。望仙坪外斗戈矛，陈阵将兵鏖较。

血染碧山青水，尸横岭麓沟凹。奠得奴隶制王朝，一统江山牢靠。

卧虎岭

卧虎岭也叫飞龙岭、扁担岭。原是人民群众就其地形，从各个不同着眼点所起的名称。它位于绿竹坪与望仙坪之间，纵贯南北，担绿竹与望仙二坪于两端。东为紫电沟，西为剑胆沟。岭如龙脊虎背，草木丛生，丘峰起伏，山石嶙峋。形势北低南高，欲凌云而腾空，使望仙坪后景具有高屋建瓴之势，龙行虎踞之姿。作整体观，颇具神色。

传说绿竹坪与望仙坪之间，原是一个风光秀丽、田瑞禾丰的缓平地段。在漆木岭以南，南车乡的一个山洞里，生活着一只五百年的猛虎，可以驭风驱云，蜕变人形。有一年，正值望仙坪盛会期间，王母殿堂香烟缭绕，烛火辉煌，千人朝拜，万人馈赏，热闹异常。这只猛虎心想："望仙坪是个宝地仙山，我若能赶走王母老儿，占得此地，不但百兽都是我的臣民，任我驱使，更可以高享香火，观瞻世情，领略人间礼趣，岂不快哉！值此良辰，我何不走看一回，相机行事？"想到这里，心花怒放，摇身一变，变做一中年男人，整了下衣襟，款步下山。刚刚越过漆木岭，踏上绿竹坪，便被王母发现。王母心想："这孽畜稍有几分功力，便不安分起来，不在虎穴继续修炼，竟敢出来妄为，终是兽根孽种，留之久后成患。"于是拔下头上金钗说一声"去"金钗立时化作一条飞龙，飞去斗虎。

却说这只虎人，正在行走，刚走过绿竹坪登上平川地段，忽见飞龙向它扑来，知是凶多吉少，但还是奋力迎上相斗。这虎原仅一点浅薄根基，哪能是王母金钗的对手。只有招架之功，而无还手之力，终被飞龙的铁爪钢牙，弄得遍体鳞伤，死于非命，现出原形，卧尸于地。那飞龙转身回头复命。从此这里变成了一个既像虎背，又像龙脊，南高北低的纵向山岭。这就是"卧虎岭"名称的由来，"飞龙岭"之名亦由此产生。有诗词云：

其 一

欲夺仙座化人形，撼树蚍蜉不自明。

王母慧眸识孽底，岂容妖畜乱仙坪。

其 二

虎人正自后山来，不意途中遇宝钗。

可叹多年修炼果，竟随孽体化尘埃。

其 三

南北二坪并是山，飞龙作势踞中间。

秦中多少峻嶒境，惟此一梁特有天。

其 四

飞龙卧虎俱呈形，挑北担南缀二坪。

山水从来宜秀致，其容更在不雷同。

浪淘沙·扁担岭

　　似虎亦如龙，猛兽为形。昔时搏斗事无凭。南北纵行如挑担，系缀双坪。

　　銮水两边行，壮丽山容。天然韵致气丰盈。有此清幽山水境，游趣无穷。

卧虎岭（飞龙岭）

卧虎飞龙神仙境
深沟幽谷紫电源

剑 胆 沟

剑胆沟是卧虎岭西侧的一条小沟。沟起绿竹坪，南北向，至望仙坪西南，折而向西北，直到甘峪河岸。沟两岸为错动断裂岩石，中部偏上段分为两条小沟，中间夹一石梁，也是断裂岩石，如鬼斧神工。就近观之，赫然胁人，使人惊叹大自然之玄妙神力。据说这沟原有一番来历。

此处原是望仙坪后山的一个坡面，古时某年某月某日，有一条凶猛的孽龙，忽然作起暴雨，掀起滔天揭地的洪浪，从绿竹坪北面向下冲，像是要淹没望仙坪。王母娘娘正在宫中静坐，忽觉天色昏晦，且有山涛呼滚之巨猛吼声，立刻感知，便当机立断，随手取了一把降龙宝剑，命一个有胆有勇的仙女，前去治洪灭妖。这宝剑，原是昆仑山一种专门啮蛇降龙的条形原始动物，因为无事而接受了王母的收伏，成为王母的护身，化成一把剑，随着事态的需要而大小变化，大到可以倚天而用，小到可以耳窝收藏。那仙女受命，接过宝剑，即刻前去，立于云头，伸手持剑于胸前，喝了声"变"，这剑立刻随着英姿勃勃、豪气飒爽的仙女，变得又巨又长。看看约近百尺，只见银光凛凛，剑气射冲。仙女挥之在手，看准洪峰，用力向下劈划一剑，只见寒光过处，现出一道长沟，左右洪水，恚然全集沟中。但水势还很大，孽龙受伤，更加凶猛，张牙舞爪，向前扑来。

　　这仙女剑原是雌雄二只，平时合于一起，必要时分开使用。今见孽龙势猛，仙女便即两手各攥一只，同时向下劈划，于是劈开两条小沟，水从两沟下流，中间留下一道石岭，孽龙亦被劈死。仙女这才舒了口气，将二剑再由两旁一同斜向中间划来，投于一处，然后将二剑合一，握于右手，又从水头斜划一剑，两股水即时投向一起，向西北流去，径入甘峪河中，那孽龙尸也被冲入甘峪河里，随着滔滔河水流去。于是暴雨停止，望仙坪安然无恙。从此出现的这条沟就叫剑胆沟，被劈开的沟岸叫剑胆崖，当中的岭叫剑胆岭，岭上的大石叫剑胆石。有诗词以状此事：

其　一

骇浪惊涛忽暴作，仙娥剑胆定洪波。

道高一丈魔八尺，坪地依然势巍峨。

其　二

忽来妖雨起洪峰，仙女快锋斩孽龙。

翠袖红巾轻举处，铺天狂浪瞬时平。

其　三

剑胆沟中看陡绝，赫然石岸巨刀切。

若非仙女挥锋刃，人力焉能使错决。

其 四

谁使巨石分作块？谁将石块摞重叠？

天公也作和牌戏？赏景观花赌不歇。

江南春·仙女诛妖

山暴起，浪涛飞。仙坪形势紧，沟涧孽妖为。因凭王母降龙剑，依旧仙山无祸危。

仙女洞

在望仙坪后殿的东南方一百多米处，有一条南北方向的沟叫紫电沟。紫电沟北端向东拐弯处，崖壁陡峭，岩石矗立，半腰处有岩洞群，其间最西两个较大的岩洞被称为仙女洞。仙女究系何人？有下面一段故事：

很久很久以前，在望仙坪以北十里之处，有一村庄，住着全是聂姓的农民。其中有一小户人家，中年夫妻，一儿一女。儿子娶了一个贤惠媳妇。那女儿，从小就聪明伶俐，姿容过人。到了十六七岁，更是出脱得如花似玉、落雁沉鱼。女红针黹、家务活儿，样样出奇，而且贤惠孝顺，乡邻男女，谁一提起，都要夸奖这家养了个大好闺女。钟在寺里声在外，消息一传出去，却被邻村一个富豪人家得知。那富豪人家，便以重金和权势，逼迫姑娘的父亲接受了聘礼，聘姑娘与他的秃儿子为妻。

那秃小子，不但满头秃疮，而且性情乖僻，相貌怪异，姑娘哪里肯愿与他为妻。但是违拗不过父亲的严命和富豪人家的权威，只好终日哭哭啼啼。母亲疼爱女儿，心如刀割，但也无法使女儿摆脱这不幸的命运。眼看嫁期将近，姑娘越发哭得成了泪人。贤德的嫂嫂看着此事，也常心酸，伴着妹妹流了不少同情的泪水。

俗语常说：事到着急时，就有出奇处。就在出嫁的前一天，姑娘忽然不哭了，并且把自己平日的衣服，洗涤得干干净净，换上了可体的一身，似乎等待着花轿的来临。父母见此情景，以为女儿想通了，这才松了一口气，这一夜，大家才得到了较好的休息。唯有这嫂嫂，平日和姑娘很亲密，她觉得妹妹的变化有些奇异，于是时时注意着妹妹的行迹。

却说这姑娘，为什么临出嫁之时，反而不哭了，是真的愿到那富豪人家去做那秃小子的媳妇吗？不，是她想起了望仙坪，想起了那里的秀丽山水和清幽环境。

聂姑素性聪颖，喜爱山水，爱清净，更爱听修道成仙的故事。在她十二三岁，随祖母朝拜望仙坪的时候，那里的地形地势、山光水色，给她留下深刻的印象。她特别喜爱那坪头的橡林、电谷的峭壁。壁间的石洞，更使她记忆深刻，曾使她幼小的心灵产生了奇奇异异的想象。三四年过去了，她总想着再去望仙坪，看看那里的山水，听听那里的鸟声。但是女孩儿人家，一天天长大起来，在那个时代，闺女长大了，谁会允许她再去领赏一番那里的山山水水、热热闹闹呢？她只好把她的所见所闻以及美好的生活理想，常讲给知心的嫂嫂听。渐渐地，善良的嫂嫂也就产生了和她相同的兴趣。

此刻，她想起了望仙坪，想起了那里的悬崖石壁，于是一个念头立刻涌上心来：逃吧，逃到那人不知的山洞里，才可避开这场灾祸的临头！立刻，她的心里得到了慰藉，这才止住了凄楚的泪水。

当晚，风清月白，万籁俱寂，全家都熟睡之际，姑娘悄悄整了整衣服，拎了点干粮，掩好房门，戴着疏星，披着银辉，踏着田野的阡陌，朝着终南山麓望仙坪的方向走去。一路上，凉风的侵袭，野猫的流窜，夜禽的怪叫……什么她都不怕。她硬着头皮，鼓着勇气，心中只想着那里的山崖、石洞……于是她走呀，走呀，足足走了大半夜，终于到达了目的地。

　　借着明亮的月光，她在那紫电沟北段的北岸上，摸摸找找，找到了一个小小而似有似无的山石路口。由此向下，她战战兢兢，如临深渊，如履薄冰，缘石拽枝，且爬且走，下到谷底，而后又寻寻找找，攀上半壁，找到了岩洞群，她选择了一个比较宽绰的岩洞，就在那里栖住了下去。

　　起先，她吃着随身所带的干粮，把每日所食的量压缩到很低的程度。渴了，就爬下崖壁，喝点电谷的清水，嚼嚼涧花的野味。不久，她的干粮，越来越少了，以至没有了。她只好在松树的地盘上，寻拣几颗松子充饥，或刨几瓣石蒜填胃，或寻几瓣残花咽食，有时找不到任何吃的，只能空着肚腹。于是她想起小时候听大人讲过的僧尼坐化故事、修道成仙故事，在寺庙、道观里看到的僧道静坐的姿态。她想，我为什么不能坐待成佛成仙呢？于是她拿定主意，去了杂念，一心一意地"辟谷"静坐修行了。

　　古语所谓一诚动天，就在她粒米无进，盘膝结跏、合掌安坐的第七天，奄奄一息的时候，几只白鸽飞来，驾扶着她的精灵儿飞上了西天，去朝见王母。王母给她起了个仙名儿叫"灵姑"，并命上元夫人将她的名字注入《玉女名箓》。从此，灵姑就在王母跟前侍奉王母。后来人们称其为"聂仙姑"，其所坐化的石洞称"聂姑洞"。

话分两头，却说聂姑逃离家乡的那晚，快到五更天明，那富豪人家的喜乐吹吹打打，花轿摇摇晃晃，来到聂家门首娶亲。聂父迎接客人，聂母连忙打点女儿换妆。不想连连唤了数声，不见女儿答应，掀开小房门一看，全无人影。聂母聂父慌了手脚，屋中院中，厨厕廊楼，四处找寻，全无踪影。富豪人家三番五次催促新人上轿，惊动了附近邻居也帮着找人，还是毫无人影。那富豪人家只好嚷闹一番，衔着一鼻子晦气，重新限定日期，到时娶人。

花轿走后，聂家四口，接连找寻了几天，还是没有任何的蛛丝马迹。要想作罢，却又无法对付那富豪人家的蛮横无理。全家人整天哭丧着脸，一筹莫展，愁上加愁。

却说这聂嫂，平日和妹妹相处得十分融洽，最为此事关心，白日吃不好饭，夜晚睡不好觉，看看到了第十天，直至深夜还不能入睡。思前想后，猛然她想起，妹妹平时常爱给她说些望仙坪的山山水水、坡坡洞洞，莫不是此刻她躲到了望仙坪？要真到那里出了家，也免得跟那秃女婿磨合，受那富人家的气。于是她穿好衣服，沿着妹妹平日所说的路线，神不知鬼不觉地悄悄寻上望仙坪。寻呀，寻呀，终于寻上了紫电沟的石壁崖洞。

当她走进石洞时，借着朦胧的月光，看见妹妹盘膝端坐在那里，桃红色的面颊上仍露着笑容。她高兴得连忙呼叫妹妹，连叫了几声，一声也不应。她以为姑娘睡着了，上前去摇了摇肩膀，扳了扳脖颈，立刻觉得一缕冰寒，沁入骨里。试了一下鼻息，也无丝毫反应，这才知道妹妹已经仙去了，只留得一具冰凉的躯体，尚栩栩如生。欲待哭，空谷静夜，人生地疏，怎敢放出哭声？欲待走，又不忍心将妹妹的尸体独留在这里，且又安知，这山腰谷底，有没有夜游的凶禽猛兽，在觊觎和搜寻着死活的肉食。左难右难，一时没得主意，只好不停地抽泣、呜咽。这身经目睹的生活现实，使她对人生产生了疑虑，对生活失去了信心。她哭呀，想呀，脑海里不住地翻腾，终于一个坚决而可怕的念头涌上心来：我还是也坐化于此，去陪伴妹妹，免得姐妹永分离！

于是她在聂姑洞旁的另一个石洞里，盘坐起来。到第七天，王母又派那白鸽侍者，扶助她脱离了凡尘，也给了个仙名儿叫"灵姬"，并注箓入册，常侍在身边。灵姬和灵姑，姐妹相见，悲喜交集，又复常聚在一起，从此这里添了聂嫂洞。

聂姑洞、聂嫂洞并称仙女洞。仙女洞所在悬崖称仙女崖。

过了不久，一个偶然的机会，望仙坪的道士发现洞内坐化了二位女子，这才将尸体掩埋，燃香点烛，念经超祷，进行祭祀。

一波未平，一波又起，聂家既不见女儿，又失去媳妇，全家人急得要发疯似的。忽然消息传来，女儿、媳妇在望仙坪逝去，简直是当头棒喝，晴天霹雳，全家人哭得死去活来。幸得乡邻，极力开导，百般劝慰，说是"成了神""登了仙"，到好处去了，这才稍稍地收住了泪水。

那逼亲的富豪人家，闹腾得没结果，后又得知姑娘坐化死了，并且搭上了媳妇，只叹自己儿子没福分，这才罢休了。

这是一个青春妇女的悲剧，一个家庭的悲剧，也是时代的悲剧、社会的悲剧。有诗词以感叹此事：

其 一

背井离乡到远坡，深藏幽洞无人觉。

干粮有限食无继，甩掉红尘自解脱。

其 二

巾帼弱女正青春，忍痛抛亲为抗婚。

幽洞终非藏隐地，悲歌一曲伴孤魂。

其 三

幽洞旷沟空寂寂，孤魂只影冷凄凄。

世人谁解当年恨，妄以仙根掩是非。

其 四

循痕蹈履驾仙鸽，姑为逃婚嫂为何？

多少离奇神秘事，千年百载费猜摩。

雨霖铃·悯姑①
其 一

更深人竭，暗将亲嫂，径自抛别。清风不解人苦，关情引路，唯兹明月。泪水盈眸锁眼，断肠更心裂。念去去途远坡岩，但此情今已如铁！

山重水复行程绝，更哪堪谷冷沟风烈。今宵寄宿何处？崖壁岸寂冥空穴。算也清幽，堪痛孤身避难逃劫。便纵有些日微粮，但怎禁完灭！

其 二

心寒人孑，此情难耐，苦楚凄切。寻食野兽出没，哀禽夜嗾，凄声悲噎。不敢轻出少望，恐逃匿遭泄。况已是憔悴忧容，更哪堪粮尽食绝。

悄摸壑底刨食蕨，缓肠饥更把松仁啮。清流冷水充肚，全变做苦情酸血。眼见途穷，忽有天鸽奉旨来接。见栩栩恭坐清容，遂引朝仙阙。

江城子·怜嫂②
其 一

多年相处两情长。嫂如娘，互心藏。忽而失妹，能不把情伤？四处找寻空怅惘，辄不见，事茫茫。

忽然记起地一方。不思量，便急仓。披星戴月，奔赴妹身旁。一见妹容心绞痛，情不禁，泪千行。

---

①为表凄切，两词用古入声韵。

②此两词依今普通话韵用平韵。

44

其　二

悠悠深谷夜凄凉。此心伤，甚恓惶。潸潸泪雨，抛洒贯襟裳。落谷弥沟沟水涨，无限恨，锁山岗！

悲天怜地怨穹苍。怎筹张，岂能偿！可怜无计，又岂忍离场。遂也旁邋一古洞，同坐化，赴瑶乡。

忆王孙·姑嫂殇

难逢姑嫂两贤良，不幸一双俱早殇，此事闻之可断肠。太悲伤，能不催人热泪汪！

仙 女 洞

木草芃芃石嶙峋
仙女洞深藏冰心

仙 女 崖

仙女崖突形峻险
崚嶒直向彩云间

七女峰

位于仙女洞崖岸上，有七个山石小峰，由西向东，依次排列，称七女峰。

传说三鼋岭以南，曾是王母的蟠桃园。有一年，正值蟠桃成熟之时，王母命七位仙女采摘蟠桃，招待众仙。七位仙女款步而行，有说有笑，各采得一篮蟠桃，向回走来。为赏沟景，便绕道紫电沟岸，陡石崖前，忽见霞光映照，紫云萦环，不知是何神仙。七女急去崖头一看，方知是一位民间少女，辟谷坐化，志欲成仙，忙回禀告王母，王母命放出几只仙鸽，前去扶助。

七位仙女，离开之后，走不多远，回头观之，顺着崖岸，依次现出七垛峰峦。这七垛峰峦，北岸观之，并不显眼，于沟南岸看之，截然七峰，峥嵘矗立，气象万千，峻拔陡峭，神姿奇险，这就是七女峰，故事至今流传，有诗为证：

仙姝言笑采桃园，联袂归程电谷端。

一径回颜留顾处，竟然七架小峰峦。

七女峰，于卧虎岭脊观望，甚为惊险，整个仙女崖之嶙峋嵯峨，崛峙嵚奇，跃然眼前。其丰姿神态，为崖畔风光，增色不浅，不禁使人惊叹造物者之绝技，钦服大自然之神力。有诗云：

其 一

巉岩峭壁彩云间，环岸七峰互缀牵。

聂女洞沟崖峻险，南瞻北踞见奇观。

其 二

七女七峰七俏莲，根节茎藕共一源。

朝霞暮霭春风里，异彩奇姿若许年。

其 三

七女七峰气宇神，宜观宜赏易登临。

道根深起紫云沟，游子欣临共览寻。

其 四

阳春三月莅七峰，长谷花开绿映红。

蜂舞蝶拍莺啭啭，生机一片暖融融。

巩卓生先生长余15岁，与余交厚于政协蒋村组，同为望仙坪之热心开发者。先生书法文章，功底俱深，尤精诗词。1991年春，为余《望仙坪传奇》撰序，对集中之"七女峰"特感兴趣，遂奇思妙想，意趣横生，和出《七女峰诗》七绝五首。读来意境真切，文笔隽永，生动秀美，魅力夺人，如同佳肴美餐。先生作古已十年矣，诗味愈加厚长，今余斯集行将付印之际，一为怀人，二为渲染七女峰之美，特将此诗附于篇后，献于社会，以和同爱者共飨美餐。其诗如下：

其 一

七女七峰竞俏妆，倚云向月互商量。

奇姿妙态百千出，要使米颠礼拜忙。

其 二

聂姑无意结尘缘，七女有心度女仙。

百尺悬崖留石洞，风花雪月伴婵娟。

其 三

天长地久海沧沧，仙洞仙峰恰向阳。

日照长沟花怒放，月明午夜有清香。

其 四

古往今来岁月长，仙峰仙洞历沧桑。

中华正值振兴日，会使江山尽美装。

其 五

仙洞仙峰阅世情，常愁苦雨共寒风。

今朝社会呈温暖，笑看人间绿映红。

七 女 峰

七女七峰七朵莲
和风丽日看娇妍

乱石阵

在彩虹沟与紫电沟相接处的峡谷西坡，陈列着山崖崩溃滚落于此的数十颗方丈大石，各不相连，乱而有致，宛如阵地奇门，所以被叫作乱石阵。

乱石阵，原先的大石并不是几十颗，而是过百颗。因为年深日久，那滚落于谷地沟底的，早已日晒雨淋，冰结水浸，热胀冷缩，剥落破碎，被洪水冲走。留于岸上的，在修筑彩虹沟隧洞时，用石选料，炸毁了许多。现在仅存数十颗，但仍不失军容之威势，战阵之严貌。有诗云：

此地似曾设奇门，乱石纷置壁森森。

疑为昔日孔明阵，欲弄玄机诱敌人。

据说夏启与有扈国大战于甘，有扈兵败，逃进彩虹沟，至与紫电沟交界峡谷处，士卒拥挤，不得前进。有扈首领，非常震怒，铁拳愤起，狠击崖头，几处崖崩石落，亮出豁口，士卒得以涌进，从此留下乱石。有诗词云：

其 一

天堑峡沟道挤拥，士卒难进乱哄哄。

忽然巨响惊天地，拳起崖崩路敞通。

其 二

共工一怒触山丘，有扈愤击紫电沟。

可令崖山即见沮，不堪拱手让金瓯。

其　三

雄气滔滔贯斗牛，敢将一域抗强酋。

宁为玉碎弗低首，岂肯军前作虏囚。

其　四

古径残石踞岭阴，涧花崖树景常新。

眼前似展三军阵，尽惹游人忆古人。

满江红·击山①

握剑持戈，挥向处，满腔热血。瞋怒眼、喝山听令，目横眦裂。壮志堪将磐斩折，豪情可令山崩决。塌塌塌、任尔怎顽坚，难隔绝！

强王焰，犹炽烈。切腹恨，何时雪？跃千军万马，誓突山缺！今日辟开崖谷道，明朝捣毁王家阙。再从头、整理禹山河，同民悦。

①为声情激越，抒豪壮情感，恢张主人公襟抱，本词依古例用入声韵。

乱 石 阵

乱石纷置壁森森
似弄玄机诱敌人

龙 女 泉

在望仙坪东沟的一个小石崖旁,挺立着一棵略具风姿的柏树。柏树脚旁有一区区小庙,庙侧有一水泉。泉径三米,深约四米,清汪不断,甘洌幽凉。春夏雨后,夕阳斜照之时,常从泉中悄悄吐出一条彩虹,斜挂山腰天际。在山外平川远望,非常绚丽。因此这个水泉,常被叫做东沟虹泉。

据说这虹泉,是东沟龙女的宫侧偏门。龙女有一条七色宝带,凭这宝带,可以隐身变化,腾云驾雾。宝带靠天地灵秀之气,日月精英之光,滋润营养,才可光耀夺目,有生命力。所以每当大雨之时,龙女便命侍女将宝带悬于水宫檐前,承接雨露,饱受天水之滋润。雨后天晴日出,便将宝带甩于低空晾晒,吸收太阳之精华。晾干以后,即行收藏。因此我们总是在雨后骤晴,夕阳反照之时,看到一条美丽的彩虹。一会儿彩虹消失了,就是龙女将彩带收藏了。这虹泉也常被叫作龙女泉。龙女泉旁的小庙,就是龙女庙。这条沟叫彩虹沟或龙女沟。

这个神话源远流长,美丽炙口。而此地由于地势与水泉之双向作用,山岚水气,阳光映照,常成彩虹,确是一难能多得之绚丽景观。有诗赞云:

其 一

雨霁云收显半天,斜阳一派照青山。

是谁轻展无声画？默默挂通龙女泉。

其 二

晴天劲挽一弯弓，彩带一条映碧空。
龙女慧心曾设计，热情装点望仙坪。

其 三

山水其值在胜容，尤须更有仙和龙。
虹泉异景居奇地，龙女彩巾享盛名。

其 四

一泉一树一蜗庙，小小石崖为背靠。
虽在偏沟藏不露，却悬彩带天空耀。

临江仙·龙女沟彩虹

雨住风停云逸，斜阳格外晴明。一条彩带笼仙坪。七颜光色丽，精巧妙为形。

谓是龙宫织造，慧心龙女完成。岚珠①似镜具三棱。蒸腾经日照，折反②现长虹。

---

①岚珠：指泉水岚气所形成的水珠。
②折反：指折射和反射。

56

三 鼋 岭

在望仙坪彩虹沟以东的辽阔地带，由南到北，呈现着三个缓平土丘，连成丘陵地势，很像三只巨鳖，所以被叫做鳖盖岭或三鼋岭。

据说，上古时，滔天洪水，遍地泛滥。渤海群鼋逆水而游，游至内地各处。其中三只游到甘峪沟内。后来大禹治了洪水，地面复出，水路断绝。群鼋有的不知去向，有的长期得不到水和食物而渴死饿死。游落甘峪的三只巨鼋，也再不能游回大海。幸好甘峪沟内，风景秀丽，水质清净，环境优美。三鼋便在河湾曲地、潭水深处，栖居下来。春去夏来，星换斗移，不觉过了几千年，修炼出了一点根基，能够兴风作浪，呼云唤雨，大小变化。

由于神通大了，它们便觉得甘峪沟小，"蛟龙不屑"，于是想归大海。有一日，正在呼风唤雨，掀起洪浪，准备泛入渤海，更进而搏击黄海东海时，却惊动了甘河源头首阳山的太伯。太伯是这一方的父母之神，人民有灾有难，救济人民，责无旁贷。于是连忙乘云出山察视，行至河口西岸，站立峦头。只见洪波汹涌，滔天白浪就要到来。一时三刻，平川良地，便要化为水乡泽国，酿成巨大灾害。形势严峻，刻不容缓。于是立即奏明天帝，派来神兵神将，施展法力，凌波履水，兜出神

57

通，将三只巨鼋，揭尾提起，用捆妖绳捆住，押于彩虹沟以东平川之地，打算将其困于此，活活干死。鼋类虽属两栖，水陆可居，然如久困于陆，不能得水，还是难逃困死之厄。况且三鼋此时，已无任何反抗之力，只好苦苦哀求，说明原因。太伯本是仁慈之神，有好生之德，怜其苦炼千年，实非容易，只要回心向善，便可赦宥。于是命令神将，将它们从空中缚归大海。甘峪口以外的平川地方，这才免去了一场洪水之灾。

三鼋被遣返之后，由于它们困中所遗灵气以及丰厚的地脉能量，促成此地升起了三个土丘，形如鼋背，人们管这三个土丘叫鳖盖岭或三鼋岭。太伯立足河西观汛之坡叫观汛坡。人们为纪念太伯降妖救难之功，便在观汛坡（观西坡）修盖了太伯庙，四时焚香虔拜。

三鼋岭上，风光旖旎，土壤肥厚，良田宽广，果粮丰收。有诗云：

其　一

三鼋兴洪浪，欲归渤海湾。

太伯①靖患难，一方得平安。

---

①太伯：民间奉不食周粟，采薇于首阳山的伯夷叔齐为太伯神。按此首阳山当在山西省，而非甘峪河源头的首阳山，因此太伯神亦不属在此。显然太伯神在甘峪河口伏鼋靖患纯属附会。然作为传奇故事，即使南辕北辙，亦无不可。

其 二

终南多胜境，秦岭有灵山。
足以成正果，何苦思海湾？

其 三

岭形似三鼋，鼋背可耕田。
佳地多灵秀，丰稔乐年年。

其 四

丘岭呈鼋形，翠盖植青苹。
年年禾丰盛，岁岁果木荣。

黑 龙 潭

望仙坪西沟坡侧，从前在一段东为峻壁，南为陡台的石级古道（俗名石梯子）崖下，有一个深过一人、长逾十丈、宽过五丈的深潭，潭内水色，苍绿怕人，石头光滑，水流甚缓，似有黑龙伏于潭内，所以叫作黑龙潭。

传说这黑龙潭，是甘峪河龙君的水国行宫。甘峪龙君，黑花脸，性情暴，每发水，必洪涛巨浪，似欲噬地吞天。从秦岭深处动身，腾跃翻滚，咆哮呼吼，到此便已疲惫不堪，就在这里停脚歇缓，因而此处水流平稳，浪涛不兴。有诗为证：

长空浩浩走风雷，巨浪汹汹耸翠微。

至此龙潭歇脚处，不扬波浪不扬威。

甘峪河，从前是一条害河。每逢夏秋雨季，山洪暴发，浊浪起伏，咆哮出山，拔木倒树，撼地震天，两岸肥田厚土，变为巨石沙滩者逐年增添。沿河民户，世代困苦艰难。1969年秋，中共户县县委和户县人民革命委员会领导白庙、蒋村两公社人民，筑坝修库，战地斗天。赶1971年大坝筑成，再经过两年奋斗，水库全部工程以及系列灌溉设施才告完满竣工。

水坝筑成以后，扼住了狂澜，阻止了猛洪。黑龙潭被包涵于水库之内已失原来形迹，石级古道亦不复存，人们也不常提起它了。但偶而也有人风趣地说，甘峪龙君，不比从前，现在住进新的安乐窝，心安理得了。

诚然，现在的甘峪水库，确是一个颇有气魄的龙宫天地，河内湖泊不仅适于养殖一些普通鱼类、淡水动物，而且娃娃鱼这种稀有动物、特异珍品已在库内繁殖，黑龙潭无疑成为这个繁殖温床的一部分。有诗词以述龙潭水库和河龙：

其　一

悠悠古道上青山，石磴旁边有邃渊。
往返樵夫从此过，纷纷絮语话龙潭。

其　二

幽邃森森甚怕人，黑龙潭古堰石沉。
一从库坝新修起，旧址残形不辨寻。

其　三

悠悠湖镜映蓝天，倒挂青山入眼帘。
因是人民力量大，直将新库揽残潭。

其　四

胜天湖面碧澄澄，大坝拦洪水湛清。
万亩农田依灌养，开镰先颂党恩情。

甘峪河龙语

沁 园 春

盛夏炎伏，叱咤风云，最是力道。起狂风暴雨，摧屋倒树，洪涛汹滚，吞漫田畴。率我同族，虾鱼鳖蟹，拥浪驱波东向流。奔沧海，壮激三千里，谁敢拦途！

今逢英党为头，领万马千军建锦瓯。凿山搬岭土，飞车驰运，盘浆灌壁，大展鸿猷。日夜轮值，晴阴匪懈，筑坝兴宫育水族。吾深佩，愿改前恣暴，助水资收。

水 龙 吟

首阳山古沟幽，俺驱甘水出山际。扬威耀武，卷挟风雨，摧田毁树。凛凛威风，滔滔豪概，龙潭休憩。自库湖筑起，拦洪蓄水，旧潭况，不堪比。

方晓团结力巨，可赢天、更能服地。谷菽麦黍，年收秋夏，稔丰如意。俺与同族，水宫内外，洋洋来去。与人归友好，互相帮助，共谋生计。

龙 驹 泉

在望仙坪西侧，甘峪古道坡根处，有一甘凉水泉，水色清净，水量充足，矿质丰富，既可解渴，又可疗疾，是一颇有开发利用价值的优良山泉。它的名字叫甘水泉，也叫龙驹泉。之所以被冠上这富有神话色彩的"龙驹"二字，原是有一段有趣的故事。

古时，黄帝和炎帝大战，炎帝败，二人合作起来，共建华夏。炎帝感黄帝之德威而将自己心爱之神龙宝驹赠与黄帝，以表诚心。黄帝后将帝位与宝驹下传，经少昊、颛顼、帝喾几世，至尧、舜禅让到大禹，禹复禅让至益。禹子启杀益夺位，宝驹亦为启有。

这宝驹原是一匹神物，龙头麟尾马身，所以又叫神龙驹。神龙驹可以五日不食，七日不喝。但每旬须饮甘泉之水数斗，方可纵横驰骋，日行千里，长生不死。

启既夺位，又得宝驹，于是暴戾恣横，压迫人民，有扈首领不服，启便兴兵伐扈，与之战于甘水之野，兵屯河口与河西白龙村附近。

有扈首领，治军有法，勇力过人，启兵战有扈不利，士气低沉。且神龙宝驹因无甘泉水喝，眼见日益消瘦，神力萎退。启十分焦急，便乘上龙驹，带领侍从，满坡寻找泉水。几日一无所得，更加焦急如焚。

一日忽至一处，林木茂密，坡崖青秀，山鸟碎语，泉声叮咚。启心花骤放，连忙仔细听寻。但一不见鸟，二不见泉，唯闻鸟声脆鸣："山客……早回，山客……早回……"启大失所望，以为鸟声指点他早些回去，不要枉费心机。

岂知山间有鸟语，林中有兽言；鸟通兽语，兽懂鸟言。这翠鸟的清脆声音，婉转语言，却被龙驹听得清楚，心领神会，是告诉它："山根……可寻，山根……可寻……"于是精神振作，驮上启，在附近找来找去。忽见坡根，一片葱绿之处，叶茂花香，地势秀美。龙驹此刻十分兴奋，后脚立地，前蹄并起，落地之后，仅用后脚和一只前蹄撑地，而用另一前蹄刨地，连刨三七二十一下，刨去石块，露出地皮，似有清水外溢。龙驹更加兴奋，二次再举双蹄，并将双蹄交替晃动几下，然后换了另一只前蹄，再次用力刨起，又刨了四七二十八下，共计七七四十九下，忽见一股清水涌出，龙驹高兴极了，于是前立后尥，跳腾了一阵，兜了个转身，待水冲去了渣滓，沉下了泥沙，连忙伸嘴捋须，饱饮一顿。只觉甘洌甜凉，浑身舒爽，打了一个喷嚏，颤动了几下嘴唇，立时精神焕发，毛色粘润，四蹄风生。启得了泉水，如获至宝，高兴万分，连同随身侍从，也就各饮了一阵，然后拍拍驹肩，跨上驹背，重回营地。此后每过一日，便乘上龙驹，到此痛饮一回。

由于龙驹得水，神力恢复，风驰电掣，纵横疆场，启指挥如意，军心大振，一场酷战，打败了有扈军，将其首领罚为牧奴。

从这以后，这里世世代代，年年月月，长流着一股清泉凉水。打柴的人，身背重负，又饥又渴，经过这里，总免不了取出干粮，一吃一喝，松一口气，添添精神。有时巫婆游医为人看病，还要取用无根清水煎药。后来，人们按水质，称这泉为甘水泉；按来历，又叫它龙驹泉。有诗词以状此泉：

其 一

踏遍青山觅涌泉，殷勤山鸟语绵绵。
清流一线排危困，从此江山径自传。

其 二

洌洌甘泉水净殷，曲曲流淌可濯心。
劝君取煮香茗饮，莫让俗杯妄乱真。

其 三

朝霞暮霭清流暖，涧树崖花谷水香。
着意洗濯斯处好，何须沧浪水泱泱。

其 四

初见仅觉泉水净，一尝方晓味甘甜。
游人至此毋轻过，应取一瓶当酒餐。

鹧鸪天·龙驹泉

觅涧寻沟无水源，忽闻山鸟语绵绵。奋蹄出脚刨石砾，涌起清流汩汩泉。

急龁蹶，饮一番，遽增神勇力无边。纵横驰骋摧强虏，奠定江山四百年。

清风洞

　　在望仙坪西侧，剑胆沟下端的落石沟（亦称西沟），有个神奇诱人的山洞，叫做清风洞。清风洞一年四季，无论天晴下雨，时时刻刻，总有二三级清风。

　　据说这里本来无洞。从前有位清风大仙，住在山东岛外，蓬莱仙山。一日乘云，四处巡游，偶至秦岭脚下，望仙坪上空。只见山峦叠嶂，翠霭环笼，长谷纵横，大河奔腾。觉得好个所在，这般山水，虽不似蓬莱之云腾霞蔚，却可比昆仑之气势恢弘。不觉落下云头游赏一番。看看金乌西坠，暮色笼岸，他便摘下随身所带风火葫芦，拨动火阀，朝着沟东石崖一处，喷射烈焰。顿时，铄石流金，烧出一个洞来。看看足以容身，便又关掉火阀，扭开风栓，朝向石洞，只见烈焰立止，凉风缕缕。好歹注了一阵，只觉空气清新，凉爽可人，这才关了风栓，歇宿于洞内，摘下另外两个葫芦，一口松子，一口凉水，蜷膝枕肱，不觉呼噜入睡。直至次晨，日出三竿，方才睡醒，扪脸捋发，休整之后，旋又四处游览，把个望仙坪山山水水齐都看遍，这才御风驱云，重回蓬莱仙山。

　　这位清风大仙，人虽去了，清风洞至今仍然清风习习，四时不完，环境清幽，不失为纳凉解暑绝胜之地。有诗以状此洞：

其 一

幽洞深藏在岭阴，花封草掩总难寻。
洞中谁鼓生风器？常使风清气爽新。

其 二

水秀山优洞府天，昔时曾住蓬莱仙。
仙足一去长无返，依归清风在此间。

其 三

久歆坪地高而敞，尤恋林花径路长。
欲致悠游还有处，西沟风洞最清凉。

其 四

绿水青山尽巧装，莺鸣燕语野花香。
纷纷游子来欣赏，便享清风到洞旁。

吾用石

在望仙坪西南侧，由剑胆沟去胜天湖的过路处，有一颗方形大石，大过方丈，名叫吾用石。

传说"往古之时，四极废，九州裂，天不兼覆，地不周载……于是女娲炼五色石以补天，断鳌足以立四极"，命神鹰衔石。

这神鹰本来力气就大，更善搏击风云，加之补天心切，所以一次就衔了过百块石头，但拨云驱雾，终非一时，超荷负重，飞翔万里，累得它精力难支，再也叼衔不住，遂将一些小石丢弃，丢撒于沿路各地，望仙坪附近，便落得一些石头。后来天虽补了，而丢在这里的石头，因为笨重而地处偏僻，无有能用之处，也就只好永久搁置，渐渐剥蚀。

很久以前，曾有人偶游至此，忽闻有叹息之声。环顾四周，并无一人，思其来源，可能自身旁此石发出。不禁毛骨悚然，撒脚疾走。当晚做得一梦：仍游此地，仍遇此石。此石将身世来历，向他讲述了一阵。但他无心细听下去，醒来之后，勉强记得四句：

> 惊闻浩叹莫蹊跷，未用补天壑底抛。
>
> 因在尘寰无所事，千秋长恨自磨消。

回想此梦，深感奇异，便自想道：此块石头，必有一番来历，我不如前去，问个根底，倒或有趣。但又转念：此必日有所遇，夜有所梦，石头焉有可补天之理！此蠢废之物也，有何用处？遂作罢论，不再理会。

光阴荏苒，岁月匆促，不觉几十年过去了，他自己也老了，在一次重游此地的时候，他忽然想起这块邂逅的石头，便有意地走看一回，但未料到，因为年深日久，此石日晒雨淋，风化剥蚀，远逊于原貌，更无可用之处了。

后来一位好心的仙女，将此石报与王母，王母说："神石乃宝物也，焉有无用之理？用之则有用，不用则无用，吾用之也，作吾镜台。"仙女说："那太好了，此石东北，十丈之外，还有一块小石，其面光平，可以作镜。"王母说："石中水晶，晶莹透澈，光亮夺目，可作宝镜或其他贵重器物之用。普通之镜，亦须铜制，方可照面，一般粗石作镜，光亮不足，映像效果差。二石既巨，亦尘世不多之物，可用为镜面镜台，只供观赏，不作实用，以娱众目，也是一种用途。"仙女说："那就让它们各在原处，不必挪动，不要毁坏，只需给其名目，明确职责用途，以为世人观赏，也是美事。"王母觉得仙女说得在理，赞赏她的聪明伶俐，并命她宣布执行。

从此，那块大石，被叫作"吾用石"或"镜台石"；小石被叫作"镜面石"。它们被安排的用途是"供人观赏"，就算有了点儿营生，有了点儿为尘世奉献的机会。

此段故事，真有点奇绝和妙趣，有诗述及：

其 一

石翁当慰勿唏息，恩怨区区莫念及。

放眼宽宏观宇宙，居天在地总归一。

其 二

世间之事在安排，谁是生来有用材？

多少反拐讹谬事，枯肠搜尽解难开。

其 三

石大面宏则补天，石微面小弃沟弯。

微宏本各能为用，狗盗鸡鸣可过关。

其 四

光亮秀石堪鉴赏，巍巍岩块可为台。

精明王母因材用，惋惘石头巧剪裁。

至于沟中其他大小石头，因年深久远，有的早已磨灭，有的被埋于沟土之中。到了1970年，筑胜天湖修锁蛟坝大量用土之时，这些石头才重新露出地面，然而当时并未引起人们注意。不觉又过了近二十年，有人闲游至此，发现这些石头，有的形态奇异，有的上生灌木青苔，甚为雅致，大加赞赏，觉得千形百状的石头，竟然是这山沟中不可或缺的景物。随手拎几颗小巧的所谓活石头，拿回家中，供于书案，亦可经常观赏，甚至设题做文章。

这落石沟，本来就水清树茂，风景秀丽，加上这巍巍镜台，光平镜面，百种石态，简直是锦上添花，而使这偏偏僻僻、曲曲拐拐的坪侧沟壑，成为游人游览望仙坪之余，更愿涉足观赏的胜境良壤。有诗词以状石头及此沟：

其　一

运石原为用石材，抛置偏沟任掩埋。

历尽沧桑终侥幸，修堤取土复出来。

其　二

胜地西沟有镜台，清风洞外可徘徊。

残岩半掩石迎路，野卉山花谢复开。

其　三

神石落坠在山阴，流水悠急自浅深。

蜂舞蝶拍花点缀，撩人目快忘晨昏。

其　四

好山好水在西沟，当肯涉足去探求。

仰卧长石观翠霭，俯托弯树看清流。

其　五

曲径通幽费访寻，清流潆绕水粼粼。

莫嫌石砾将足磣，践断蒿藤路自真。

其 六

西沟非是总清柔，暴雨来时览涨流。

石阻波推高浪涌，惊心动魄看浊稠。

贺新郎·落沟石自述[①]

俺是一浑物，住山凹、自成形体，不须雕琢。从被神鹰撷衔后，志为弥天奉作。岂料彼、神鹰力弱。衔至此沟觉不济，猛然间将俺即抛落。从此后，便湮没。

幸修水库开沟壑，这才得、重新面世，露出头角。却被有心人重视，用垒石山筑乐。盗卖者、乘机炸剥。虽变无为为有用，却破损形体实习恶。甚慨愤，此为作！

---

①为情调激壮，本词选用旧入声韵。

镜 台 石

镜台镜面相依伴
烙印沧桑若许年

镜 面 石

光平镜面遭残损
唯望都存护物心

火烧坡

火烧坡简称火坡，位于绿竹坪以西，漆木岭西北。绿草丰厚，藤灌茂密，分为南北二梁。其南梁与漆木岭衔接，神韵峻拔，雄伟陡险。北梁位于南梁与绿竹坪之间。因传说，启与有扈大战于甘，有扈败北，军旅奔逃于此。启为灭之，放火烧坡，此后，这坡叫作火烧坡。一说是山民为开垦荒地，放火烧荒，火势失控，造成林木被毁，鸟兽遭焚。或谓此坡常易发生野火，故名火坡。有诗云：

其 一

封姨助祝融，烈焰势熊熊。

绿岭成焦土，烧完有扈兵。

其 二

斩草又除根，启王太狠心。

穷追无窜路，一火碧山焚。

其 三

青坡成赭土，赭土复青青。

野火烧无尽，春风醒又生。

其 四

山间林木广，野火易发生。

世代堪回忆，坡名作警钟。

漆木岭

　　望仙坪景区，最后最远，最长最高的一架山景，就是漆木岭。漆木岭上之最高峰漆木峰，势呈金字塔形，陡拔险峻，高大雄伟，只宜仰观远望，不易攀登。虽属秦岭浅山，然豹窥一斑，从其状貌气势，概见秦岭之巍巍雄姿，莽莽宏脉。有诗及赋以状云：

其　一

漆岭嵚崟掩百山，漆峰峤峙入云天。

年年喜迓霜风早，岁岁迟辞雪雨寒。

威貌足征秦岭峻，雄姿堪示陕沟严。

但期有日凌绝顶，一览八极眼界宽。

其　二

漆峰高耸入云天，陡峭奇拔势峻恳。

荆灌葱生萝草满，兽禽跃唱野花妍。

欲穷履下投足远，觉在眼前举步艰。

人世时逢崎陡路，几回轻易到峰巅。

其　三

横天立地，巍巍漆峰。

襟狭谷而携长水，览三秦而望五陵。

卫仙坪而自为障，拥绿竹而后作屏。

出其类以拔其萃，顾其周而无其朋。

擎巉岩以刺青天，挺嵯峨以探苍穹。

非鹰扬而凤鸶，似虎踞而龙腾。

启巨齿以梳污垢，偃长弓而修康宁。

屡得烟霞之润色，时赖荃荙之舒馨。

衔昆山之片玉，出桂林之一丛。

聚终南之神秀，集秦山之威灵。

使有仙坪而无漆岭，虽景富而终气穷。

是故漆木岭者，斯景区之精魄神魂也。

登坪而无望峰瞻岭者，得毋疏乎憾乎？索然意窘！

　　漆木岭东西走向，长逾千米，十二道纵梁，十一条纵沟，宛如发梳，亦如弯弓，所以就流传下来两个故事：

　　一说许多年前，岭上长着全是漆树，密密麻麻，十分青葱。有一年，一种能攀枝缘梢、动作灵巧、有肉翼、善滑翔的动物，把全岭漆树的种子枝叶吃得一干二净。第二年春季漆树发芽，长出新的枝叶又被吃净，不知这是什么动物，样子有点像鼯鼠，因为它专害漆树，人们管它叫漆鼠。偏偏这年天大旱，十个月不下雨，这些暴晒在强烈阳光下的漆树桩，得不到枝叶的庇护和水分的调节，便一棵棵被晒死，一个本来青葱的山岭，忽然变得一片赤红。由于没有了漆树的种子和枝叶，漆鼠也随之匿迹。

　　后来王母娘娘说，单一树种有缺点，植被应需多几层才好。便命山神清理岭木，恢复山容，让乔、灌、藤、草杂居其上。山神遵命，撒下多种草木种子。冬天飘下雪，春天落下雨，漆木岭很快恢复了青葱。

在清山过程中，有一棵时过千年、大约百围、高入云天的漆树桩，山神请来鲁班，作成了一把木梳，赠送王母。王母说："你将它置于岭上，常常梳理，让顽石滚下，让草木清整，让青山洁净。"山神照着办了，所以漆木岭在雨后山色明净的时候，远远望去，好像一把长长的木梳，横向倾斜在山顶。有诗云：

其　一

漆岭昔年树密稠，葱茏茂盛似青竹。

忽然绿叶遭吃尽，青岭变成大片秃。

其　二

宫中王母巧谋筹，立体种植计划周。

好雨及时来顾助，山容恢复绿油油。

其　三

岭脊浑成一把梳，宛然青黛锁眉头。

此梳原属千年树，王母用来篦岭污。

其　四

山岚树色染长梳，横亘南空巨齿粗。

想是天公常理发，人间更要醒头颅。

另一种说法，和古代一个神话故事的结局密切相关。

古代帝尧时，天帝帝俊之妻太阳神羲和，一胎十子，皆为太阳，居海外汤谷扶桑树上，羲和令其每天只升一个，为人类送光明，育万物生长。

起先它们还遵规守法，随后便胡闹起来。一日清晨，忽一齐跳出，从此天天闹腾开心，"焦禾稼，杀草木，流金铄石，民无所食"。首领尧眼见着人们一个个饿死、晒死或瘦骨如柴，快要发疯。他忧心如焚，三番五次，祷告天帝。天帝便派了一个天神羿下来，警告这些太阳儿子，并赐以"彤弓素矰，以扶下国"。

羿领命，携妻嫦娥来到下方，看到人民受十个太阳折磨的惨状，心中燃起痛恨之怒火，于是他拈弓搭箭，对着十个太阳，连发九矢，只见一个个火球，纷纷破裂，流火乱飞，金毛四散，坠落于地，原是九只硕大的三足乌鸦。空中这时只剩下了一个太阳，立刻变得光亮宜人，空气清爽。人们振奋精神，欢呼声响彻云霄。不久，下了一场大雨，地面渐渐地恢复了生机。

由于十个太阳造成的干旱酷热，使得一般怪禽猛兽，纷纷从森林或江湖里跑出来，在各个地方残害人民，人民苦不堪言。于是羿射杀或生擒了这些凶禽猛兽，解除了人民的苦痛。

羿为人民除了七桩大害，他的心情十分愉快。然而天帝心里却非常悲痛，不但不满意他的英雄所为，并且以射日之

"过"革除了他的神籍，其妻嫦娥也受连累，不能再上天庭去。从此时起，他们夫妻的感情产生了裂痕。

他们既不能上天庭，更怕将来死后到幽都，和那些鬼魂过那愁惨黯淡的生活。为避免此种情形的发生，羿费尽艰难，从西王母那里讨来了夫妻共吃的不死药。但这不死药，却被嫦娥趁他睡着的时候独吞了，奔上了月宫。

羿有一个精明的徒弟叫逄蒙，学射很出色。逄蒙"思天下唯羿逾己"，于是心存害他。

一天羿在山巅仰天射雁，逄蒙在他身后拾取猎物，趁他不防，猛然抓起身旁用来担挑猎物的大棍，朝他的后脑打去。待他察觉时，桃木大棍，已以泰山压顶之势击于他的后脑上，即刻鲜血如注，弓和箭松了下去。他用愤恨和轻蔑的眼光，狠狠地瞧了逄蒙一眼，然后像一座山一样，颓然地倒了下去。

他死了，平静而无声地死去了。他的尸体和神弓，化成一架长长的山岭，永远屹立于秦岭北边沿，观望着大地，观望着人民。这山岭就是漆木岭。漆木岭上屹立的主峰就是漆木峰。岭和峰就是这位死于非命的英雄的神躯。

那时候，天下人民感念他，奉他为诛邪除怪的神灵，四时八节虔诚祭祀。有诗以感叙此事：

其 一

十日忽然出天空，铄石流金禾无生。

赤地万里成焦土，枯肠瘦骨人欲疯。

其 二

十日狂妄出扶桑，九矢连发向太阳。
三足金乌纷坠地，四海欢呼除祸殃。

其 三

九矢射日失鲁莽，一心除害欠思量。
天帝无情焉有子，有子受诛能不伤？

其 四

只顾除害为人民，不知息事与宁人。
世事曲折有奥妙，一味耿直难为神。

其 五

彤弓素矰惊绝伦，赤胆丹心靖世尘。
八方黎庶同感戴，万家香火共招魂。

其 六

壮烈殉身泣鬼神，一腔碧血化冤魂。
善恶报应常颠倒，天上人间事纷纭。

其 七

一张弯弓有爱憎，正直不阿为黎民。
死后常作青山在，屹立大地永生存。

其 八

嫦娥不能共患难，只愿在天永作神。

独吞灵药自离弃，岂是白头同心人。

其 九

无德便不齿人类，有艺无德更害人。

以怨报德逢蒙者，妒贤嫉能豺狼心。

其 十

艺高能赢众仰钦，胜蓝尤须知蓝恩。

为徒当重德和道，妒师害贤岂是人。

漆 木 峰

三台美景四时分
壮丽巍峨峙岭阴

集 仙 观

传说老子西游，乘青牛至函谷关，关令尹喜，望见东来紫气浮关，伫立请留。临行，付以《道德经》五千余言。又西游，至终南山麓甘水之滨一敞平山区（后名望仙坪），见其清湛连壑，曲径通幽，林色青翠，景气长新，遂寄青牛于橡树岭（后来望仙坪前后殿之间的南北土岭），徜徉于岭端山阴，欣赏景色。忽见地面有一湫洞，云烟瑞气，环绕洞口。视之，深不可测，乃坐于湫洞之前，瞻览风光。附近渐有耕夫樵叟走来，休息攀谈，老子遂与讲经。数人听得心花骤放，神色飞舞。不觉过了一个时辰，忽听哞哞牛声，老子这才起身，别了众人，乘牛西去，后至楼观。

至唐时，有县令吕洞宾辞官，修炼于终南山，尝于老子讲经处筑一庵学道，奉祀老子，常集道友数人谈经，后皆成仙。时人称此庵为"集仙庵"。

一日，吕洞宾等正在庵前洞口，席地坐而谈经，忽见老子骑牛复来，俱各迎上，叩拜道祖。老子从容就座，众仙要求讲经。老子讲了"自然无为""道化正一"之理，众仙顿开茅塞，俱启灵性。讲罢，老子告别而去。

至金元时，有咸阳大魏村人王喆及其弟子邱处机等，在此复筑庵学道。某年九月九日，亦得老子乘牛而来讲经，授以"全真"之理。王喆遂号"重阳子"，与其弟子诸人创道教

"全真"派，与流行于南方的天师"正一"道并行于时。并将湫洞加以整饰，作为道教藏经之处，名"全真石匮"，简称"藏经洞"。且于北十里之外，甘水河侧，修重阳宫，研讨"全真"道经。

后有重阳宫虚斋道人来住此山，与方外二三道友建其坛场神室，岁时清供。有一祁姓公人，嘉其志坚，而与赠额，名曰"集仙观"。至元癸未，皇侄永昌王易其额，为"玉清昭应观"。

后虚斋为皇家诏书唤去，负责祝祷之事。癸已春（从癸未至癸已凡十年），复还此山。因念山斋寂寥，归无片词以勒岩石，使后之寻盟者，焉能知其云龛石室亦曾有鹤书之诏、鸣驺之邀之盛况欤！遂踵门谒王恽公，拈香具礼，求其为文，名《终南山集仙观记》，以资纪念。

至明弘治年间，住山道士，艰难周折，选石料，聘匠师，镌得道祖老子汉白玉坐像一尊，供于集仙观，朝夕焚香虔拜，曾盛一时。后数百年，建筑数变，人事更迭，屡有盛衰。

民国年间，周至东南乡宫家堡（今属户县）人宫某（道士），拉索苦修，游方化缘集资，重修前后殿，颇有建树，使望仙坪盛传关中，集仙观名著三秦。每逢春季盛会，更是游人云集、香客不绝。后宫师云游他处，终未复归，望仙坪、集仙观亦再未有所兴筑。有诗云：

其 一

青牛紫气过函关，访胜寻幽到此山。

赏景谈经留纪念，蹄痕轻印橡林间。

其 二

集仙庵处聚诸仙，道祖讲经曾几番。

启智开茅施化雨，道德真谛醒尘寰。

其 三

百丈神湫美洞天，彩云环绕映青山。

昔时金匮藏经地，今作赏游好景观。

其 四

虚斋筑建集仙观，并有碑文作记传。

真据实情留后世，游人寄兴话其源。

20世纪60至70年代，道祖老子的玉石雕像竟被砸毁，残骸碎块被一道士收藏掩埋。20世纪80年代，望仙坪旅游事业恢复，石像碎块复得出土，重见天日。人们将其粘结一起，观瞻膜拜，话其历劫。有诗云：

其 一

白玉为石出山坡，雕镂光洁成宝物。

数百年来享香火，忽遭灾难几毁没。

其 二

三中全会功效卓，拨乱反正息风波。

道祖石像重出土，劫后复苏价更多。

纱帽岭

纱帽岭位于卧虎岭和紫电沟以东，因其高低起伏，状如纱帽得名。据说唐时，有县令吕公者，常厌官场之秽浊，每思山水之清净，因受汉钟离之点化，尝游于终南山望仙坪，登卧虎岭，见此处形势优美，宜于隐逸，遂弃官归隐，置纱帽于紫电沟东，筑庵望仙坪，奉祀老子，学道修行，后成仙。其置冠处为纱帽岭。有诗述此事：

其 一

置帽弃官翠岭阴，乌纱久戴恐乌心。

不忻仕路惜山水，愿作逍遥世外人。

其 二

水秀沟青岭色幽，山禽隔叶语啁啾。

不谙此处焉知故，倒是吕公有运筹。

其 三

诸葛茅庐子云亭，不劳案卷一身轻。

吕公不恋乌纱帽，愿效留侯伴赤松。

其 四

前伏后起乌纱岭，纱帽昔年属吕公。

阅尽世情思退隐，寻来此处好修行。

三 台 雪

　　从望仙坪起向南，景区地势高度可分三级。第一级，望仙坪；第二级，绿竹坪；第三级，漆木岭。三级依次高差百米左右。每年秋后降雪，随着这三级高度，也分成三个时期。第一次雪，一般年份，先下至第三台阶漆木岭，一、二台阶无雪，雪量绵薄。第二次雪，下至第二台阶绿竹坪，第一台阶无雪，雪量较足或绵薄。第三次雪，下至第一台阶，三个台阶全为白雪覆盖，雪量丰厚或绵薄。此后如再下雪，则连望仙坪以北平坦地区，都是白雪皑皑，遍地银装。

　　大自然的神奇妙化、偏心厚爱，构成了望仙坪区的气象特色。住在坪区附近的人，常能欣赏此三级素景，几睹雪容。

　　有人把这种由于地势高度、雪线移动造成的气象景观，添上神话的色彩，说成是几位神仙，各按自己的意志、神形造化的结果。于是引出一些赞美的诗句来：

其 一

一夜西风吹骤起，漫天飞雪自空来。

漆峰古岭先披素，南北二坪顺次排。

其 二

六出翼雪巧为形，先降漆峰后两坪。

素线一条风景异，温差冷暖见分明。

其 三

是谁空宇用心裁，致使霰花按序来？

一线严隔晴雨界，依时循次降三台。

其 四

天女散花漆木峰，麻姑掷米绿竹坪。

青腰①宝髻藏云气，遍撒琼瑶漫碧穹。

一剪梅·望仙坪区冬雪

秋尽冬来天水饶，改态出形，逐次排浇。先来高岭后低坪，飘羽飞绒，静静悄悄。

及至隆冬起冷潮，地冻天寒，风吼云咆。山峰丘岭尽皑皑，蜡象银蛇，分外峣嶤。

---

①青腰：主霜雪的神女。王安石《雪诗》："神女青腰宝髻鸦，独藏云气委飞车。"

洪 道 烟 雨

每逢洪水季节，甘峪水库水量剧增，多余之水从溢洪道口越坝溢出，于陡坡段形成长一百八十四米、宽十米的斜长瀑布，吼声如雷，甚为壮观。泻至桥口，猛击消桩，激成波涛浪雨，直向上空飞溅，烟波雾霭，绚丽耀眼。立于高处，观览此景，最为灿烂稀奇。有诗云：

其 一

初成瀑布复成澜，直将波雨半空悬。
七颜日色添鲜艳，雾霭霞光绕翠峦。

其 二

一帘飞瀑泻渠端，冰冷桩前化雾烟。
绚丽斑斓眯醉眼，最宜高处俯斜观。

其 三

峰头览胜不觉寒，百米洪渠起巨湍。
烟雨迷濛人制造，雷声轰吼似天然。

其 四

波雨无须造化工，惊雷更未起长空。

洪流一泻驰千米，卷雾飞烟映碧穹。

溢洪道的波光烟雨，本是20世纪70年代科学时代人工所为，但就在溢洪道刚刚修起第一年秋季溢洪之时，就有人臆造出一段故事来。

那一年秋季多雨，库水满盈，洪流外溢，飞过陡段，泻至消洪桩前，第一次出现洪道烟雨，非常绚丽壮观，人们争相观看。事后传说，西坡山头，有三个身穿古衣、头戴古巾的人，在云雾里向下观看，很像观汛坡庙里的太伯神。有人还说，他听到其中一个古人说："当年武王伐纣，咱不该叩马阻谏，世事总是向前进啊！"另一个说："是的，你看人力多大啊！昔日如果这里有这大湖，三鼋焉有思归大海之意，此处湖长水深，足以栖身。"又一个说："对啊，有了这湖水，庄稼丰收了，咱享受人间的香火也茂盛了，看来现在不是人托神的福，而是神托人的福了……"

这段情景有趣动人的故事，富有时代的特色，是科学时代的新神话。有诗云：

其 一
激滟波光满栅杆，烟霞雨雾在身边。
太伯一览惊尘变，称赞当今人胜天。

其 二
西坡高陡势空悬，看汛三台若许年。

今日云头观胜景，当惊伟业在人间。

其 三

甘洪自古毁农田，甘水如今变利源。
奋斗闯出福惠路，人民力量可服天。

其 四

观汛坡前有壮观，太伯觉悟赞今天。
圣人未必全都是，大众今时胜古贤。

洪道烟霞

一帘飞瀑泻渠端
雾雨烟霞映翠峦

虹沟隧洞

望仙坪东侧的彩虹沟，可以耕种。但每逢山洪暴发，沟底耕地便被洪水淹没。1975年，甘峪口群众在"农业学大寨"精神的鼓舞下，打石炸料，垒帮鼓涵，于沟底筑成一条宽两米、高三米、长约二百米的石砌隧洞。取料严格，洞涵规整，初步覆土一尺多厚。除两端外，洞面桥上，只可见地，不能见洞。雷雨交作之际，洪水暴发，推动石沙，从入口处进洞，地势助威，促成连续不断的呼隆轰鸣，犹如列车进站，长空巨雷，构成非常雄伟的壮观惊闻。

此项工程原拟从隧洞两旁的坡面就近取土，填深垫厚，筑成小型人工平原。后因形势变化，全计划只完成三分之一。现在时过十多年了，洞面由于覆土未竟，耕作挖种，局部破坏，暴雨渗漏，导致部分坍塌。从塌陷处露出了原工程之艰巨雄伟面目，成为一"因势造型"的人工景观。

如果说，甘峪水库是户县党政干部与蒋村白庙两公社人民，战天斗地的雄伟标志，那么彩虹沟百米隧洞，则是甘峪口干部群众改造自然的豪情杰作。因此，望仙坪除中心景区之自然形胜外，在两侧则可以说是：

西有甘峪水库，东有虹沟隧洞。

英党领导精明，大寨精神不朽。

彩虹沟上接闪电谷，南起漆木岭，是浅山小沟，源流不长。平常仅有山泉小水，但在大雨暴降、山洪暴发时，便有滚滚洪流。暴雨过后，水势汹涌急滚，短暂地涨流之时，总要给沟旁庄稼、田地带来很大损失。所以甘峪口村群众，才筑洞治洪。20世纪70年代，修筑隧洞之时，为了激励斗志，说是"牵龙入洞"，这本来是个比喻性的豪言壮语，无须赘言。后来隧洞筑成，洪水暴发之时，就流传开了一种传说：一个形貌怪异之人，驾着洪峰，踏着黄浪，驱波入洞，疑是彩虹沟的龙君。几年之后，隧洞数处塌陷，露出洞涵，于是传说暴雨之时，龙从陷处蜿蜒而出，又从陷处旋回而入，出入隐现，反复多次。

此说虚实，显然不足置论，然山洪暴发时，沟底洪流，一起一伏，气势汹涌，确实给人以"龙"的想象。因此，虹沟隧洞龙的传说，无疑为洞境增添了几分有像无形的景色。所以尽管它是当今时代的传说，我们仍然应该珍惜，使其长存。有诗词云：

其 一

东村群众志成城，治水伏龙气贯虹。

隧洞工程兴筑起，洪流被迫地中行。

其 二

搏天斗地确实难，备料筹材岂等闲。

百米隧渠坚筑起，彩虹沟里可耕田。

其　三

倚坪傍岭望青山，隧洞深长映冷泉。

时代新奇人创造，天工人事紧相关。

其　四

隧洞轰鸣吼地雷，乱石若阵草菲菲。

虹沟好景多云气，龙女晒巾挂彩帷。

其　五

隧洞纳洪人斗天，有龙出进是虚传。

古今神话皆添趣，一并珍存当景谈。

其　六

暴雨山涛卷巨澜，人民筑洞把洪牵。

当年垫土如深厚，一展平原另有天。

鹧鸪天·牵龙入洞

暴雨一来卷巨澜，彩虹沟里毁农田。东村群众雄心大，筑隧纳洪造翠原。

搏烈日，斗严寒，脱皮掉肉不歇闲。凿石爆块修岩壁，从此洪龙被引牵。

望仙坪诗词

望仙坪是秦岭北麓一个历史悠久的旅游胜地。沧桑几度，兴衰起落。"文化大革命"中，曾遭严重破坏。十一届三中全会后，甘峪口村，膺东道主之责，首倡恢复开发，于是成立了"望仙坪旅游开发区理事会"，我应邀被编列为理事。我想，这个旅游区如果开发建设好，将会给邻近各村，带来相当的好处，可带动各村发展起第三产业，经济面貌翻新，于是尽力尽心，惓惓谋之。

　　1990年秋，我受理事会及东道主村委托，整理撰写了《望仙坪旅游开发区评价定级资源调查报告》材料。11月14日下午，省市专家评委，驱车到望仙坪进行了视察，核对了材料。17日，评委在户县开会评审，望仙坪、清凉山、石镜峪划归一处，得到高度评价。

　　从理事会成立到望仙坪定级以后的相当长一段时间里，我去过望仙坪多次，就所接触，写过一些简短浅陋的诗词及对联，还受委托，为定级后第一个春会书画展览会撰写了前言，为春会大会撰写了动员捐资讲话稿，后因将准备召开的群众大会改为部分应邀人员座谈会，故此稿未公开使用，今仅将诗联附于此集之末，以为游者领略故事中所述某些情景，起一点辅助作用。

1990年望仙坪诗词

庆祝望仙坪旅游区理事会成立赠语

（1990年4月7日）

旅游事业好，群众极需要。

应与大开发，中途切莫辍。

望仙坪旅游区一瞥

（1990年4月7日）

其 一

胜地常孚望，仙名远四方。

游人乘兴聚，来去览风光。

其 二

出挺势奇突，兀而但不秃。

临河依大岭，万木俱青幽。

望 仙 坪

（1990年4月7日）

其 一

南山景富万千峰，莫似此坪有盛名。

古橡苍柏皆茸秀，新湖绿水俱恢弘。

其　二

众山推奉一青坪，独踞湖旁少类朋。

三月艳阳春正好，纷纷游客谒芳容。

其　三

岭峻坪高苕许年，君王此处遇仙颜。

悠悠往事偏成趣，书史无由觅本源。

其　四

秀丽风光恁醉人，汉家皇帝竟稽寻。

望仙故事千年诵，辄为览游益趣闻。

登准提阁望远

（1990年4月27日）

北山横眼底，中水入长河。

欲见秦川广，但登菩萨阁。

准提菩萨阁

（1990年4月28日）

准提阁耸秀玲珑，屹立坪头绿橡丛。

谷送山风鸣古树，湖收岭色映晴空。

准提菩萨

（1990年4月28日）

绿橡阁中菩萨士，莲花座上一佛陀。

三睛察视生民苦，多臂降除扰世魔。

巫山一段云·甘峪口河山

（1990年4月29日）

不是来游览，勘察过坝峡。河山甚美地形佳，能不眷留它？

几次来斯地，弗及细考察。雍漾风物景蕃华，即便忘归家。

望仙坪景色①

（1990年4月29日）

　　湖上清风，山间明月。耳得之为声，目遇之成色。取之无禁，用之不竭。是造物者之无尽藏也！

　　壁间岩洞，林中翠鸟。观瞻之称险，听闻之叫绝。得之纯真，受之烂漫。乃大自然之所恩赐矣！

忆望仙坪昔日王母宫

（1990年4月29日）

翠霭紫云绕殿堂，昔年王母座辉煌。

浑浑石壁墙心广，栩栩金躯奕采扬。

远近启唇说塑壁，人群接踵览慈光。

忽然乱扰清幽地，瑰宝横遭重祸殃。

今道复兴微有样，壁雕重整倩谁当？

绝超艺术堪怜赏，拭目待观哪日光。

①此篇是对望仙坪景色之感受。首段是苏轼《前赤壁赋》中几句，将个别字舍掉或改换而用之。后段是大体仿首段之形式，按望仙坪景之实况而自用语表达之。

望仙坪西侧甘峪河口

（1990年4月30日）

其 一

雄山拥大坝，峭壁屹深湖。

幽谷出长岭，波涛涨夏秋。

其 二

拦洪长坝亘，蓄水库容丰。

俯看旋鹰影，仰瞻岸色浓。

启扈坪前甘之战

（1990年4月30日）

其 一

废禅把国夺，私传开先河。

兴师伐有扈，同姓动干戈。

其 二

雄师若貔貅，大战秦山头。

胜负决甘野，帝祚四百秋。

望仙坪紫电沟聂姑洞

（1990年5月1日）

俯瞰悬崖幽谷底，壁悬洞隐路崎岖。

临深怕似履薄冰，探邃惊如下险梯。

大小石穴山壁踞，浅深岩洞有人居。

奇谈怪论堪寻问，坐化村姑事罕稀。

瞻望仙坪老君殿说老子

（1990年5月2日）

其 一

紫气绕函关，西行向哪方？

骑牛来此地，探道度羲皇。

其 二

无为无不为，清虚以自守。

创一家之言，奥谛传千秋。

其 三

不先物为为无为，因物所为无不为。

此间其谁破真谛？千载论评是与非。

其 四

学派纷纷各立说，道德真谛五千言。

包藏宇宙无穷理，万象归一日自然。

望仙坪紫电沟雷雨

（1990年10月18日）

其 一

云从沟底起，风自谷中生。

银线低空系，天鼙盖顶鸣。

清流成猛浪，细响化雷声。

汹涌携泥土，怒涛万马腾。

其 二

气象变无穷，晴空乱霭生。

频频光电骤，阵阵巨雷鸣。

白昼忽昏晦，顿时大雨倾。

山形催猛浪，地势助威风。

望仙坪清流细瀑

（1990年10月18日）

涓涓幽谷水，净净顺坡行。

遇到跌悬处，垂帘挂玉屏。

望仙坪鳖盖岭

（1990年10月19日）

巨鳖鼓背弓，绿盖树青青。

夏叶随枝茂，秋实映日红。

望仙坪彩虹沟隧洞

（1990年10月19日）

其 一

倚坪东谷有新天，隧洞石墙稳且坚。

人力亦能出胜境，风光旖旎可流连。

其 二

彩虹沟内草青青，旧树新禾莽莽生。

隧洞轰轰纳巨浪，洪魔不敢再行凶。

绿 竹 坪

（1990年10月19日）

沟壑依崇岭，绿竹点翠坪。

山禽缘树唱，野兽踹林行。

农舍七八处，清流过院庭。

山中无器具，播种靠牛耕。

农者咸敦厚，身无市井风。

天然佳苑囿，民朴景清幽。

由望仙坪王母宫想到王母桃

（1990年10月20日）

闻说蟠桃好，一熟三千年。

王母设寿宴，以此飨众仙。

果若有效应，广种当年年。

以赐贫穷者，治病当药餐。

由王母宫想到瑶池酒

（1990年10月20日）

瑶池酿旨醴，自飨飨众仙。

不知奇缺味，尘世可得餐？

唯愿仙恩广，好酒赐人间。

普解众生苦，医病更延年。

南柯子·火烧坡

（1990年10月21日）

稗话传奇事，星星火可能。燎原毁木势熊熊。灾害遗人警惕再发生！

野火烧无尽，春风又唤生。经年历岁复茏葱。兹为览游艰险也攀登。

西江月·火坡寻胜

（1990年10月21日）

因火访寻残景，循名觅找遗踪。

踏完坡岭火无形，惟见青葱盖笼。

西跨南车洪道，东临漆木崇峰。

春风秋雨总关情，处处山光美胜。

火坡石斧①

（1990年10月21日）

一从人猿别匆匆，漫度长夜向天明。

砥砺研磨练双手，新石渐代旧石兴。

火坡山秀多胜景，土内古藏谁知情？

远古遗物堪研考，先民石斧价无穷。

---

① "文化大革命"期间，有两户人家在火烧坡拾得一大两小石斧三件，就磨制精度看，可能是新石器时代遗物。

甘战遗物①

（1990年10月22日）

五八"跃进"新发现，磨洗敲剥粗认辨。

血雨腥风鏖战日，启王伐扈遗戈剑。

望仙坪王母宫古灯笼②

（1990年10月22日）

灯焰庆长明，照古复照今。

照却痴迷路，跳离是非津。

望仙坪出土的木篆章

（1990年10月22日）

篆章何故入窟中？古字婉曲认不清。

会当总有高明在，不乏慧眼识古董。

浪淘沙·胜天湖（甘峪水库）

（1990年10月23日）

长库坝如虹，气势威雄。人民挥汗苦修成。遏浪扼澜约潾水，洪患今平。

---

①1958年"大跃进"时，在望仙坪前甘峪河边的水渠底，挖出古青铜兵器38件，有人说是启扈大战于甘时遗物。按禹铸九鼎在公元前2200年左右来看，启时用铜锡合金之青铜铸兵器也属可能。

②王母宫内保持有至今百余年的楠木六棱灯笼一对，上有玻璃彩绘《八仙得道图》。

似镜大湖明，风止縠平。溢洪调闸有权衡。岁岁年年千顷润，料料丰隆。

南柯子·南天北空（立坪瞻望）

（1990年10月23日）

举首观秦岭，峻嶒起势雄。壑沟交错气恢弘，更见南天高广卧宏龙。

尽目瞻熊座，灼灼北斗明。光年何几似无穷，思绪横驰脑际总追踪。

临江仙·赠桃传经①

（1990年10月24日）

碧岭绿坪一胜境，引来旅客游朋。还因王母赠桃情。奇闻传众口，四处广流行。

优水佳山洁净地，招徕仙道神灵。道德经义启浑蒙。生徒同感戴，大宇永弘隆。

浣溪沙·紫电沟仙女洞

（1990年10月25日）

峭壁悬崖聚骤云，幽沟曲岭电雷频，谷风壑雨洗浮尘。

仙女崖前荆莽盛，聂姑洞外草花贫，寒风冷月度青春。

---

①赠桃传经：指王母与汉武帝赠桃及老子与望仙坪诸弟子传经（均属民间故事）。

获悉望仙坪定为省级旅游区

（1990年11月18日）

东道来人送信息，仙坪定作省游区。

初闻疑是听聆误，复问方知事不虚。

刹那激情升脑际，倏然欢喜涌心肌。

只因切久怀希望，宿愿恢恢果有期。

望仙坪定级即兴

（1990年11月18日）

仙坪名胜地，向作旅游区。

近日专家会，审评定省级。

群情均满意，相互报消息。

我谓当乘热，再来创盛绩。

114

2006年望仙坪诗词

胜日登游望仙坪途次山阴北顾所见

（2006年4月9日）

村壮多朝镇会行，我独思览望仙坪。

坪高路陡须着力，气勇心强不畏登。

鸟语轻柔舒钝耳，山花烂漫爽狭胸。

淋漓热汗催歇憩，浩瀚春光映目明。

憧憧民楼新峻伟，条条县道显直平。

匆匆车箭飞驰去，片片青田入视中。

再度挺身朝上走，终于抵见久别容。

轻开襟扣纳凉爽，山会融融尽善情。

物华人文耀仙坪

（2006年4月22日）

望仙古坪，与众不同。

位居河口，特具风情。

三月盛会，亮展春荣。

物华秀丽，富引游朋。

红男绿女，盛装艳行。

迤逦牵引，谈笑风生。

摩车载眷，铁骏冲锋。

攀腰附背，爱重情浓。

七月炎暑，生机蓬蓬。

苗鱼结队，雏鹰翔空。

纳凉胜境，气爽风清。

蜂舞蝶飞，草木茏葱。

春雨夏虹，山新谷明。

风景如画，绚丽天成。

观物赏景，养性怡情。

培植爱好，弘扬新风。

望仙坪摄影

（2006年5月13日）

西沟摄石

十五年①失旧印象，落石沟②里费彷徨。

终于照得残石③迹，佐助遗闻壮辞章④。

仙女崖⑤摄洞

仙姑洞对卧虎冈⑥，缘冈对洞摄行藏。

一片崖谷幽景象，聂姑旧事涌心腔。

①十五年：从1990年之后至2006年春，逾15年矣。

②落石沟：望仙坪西沟。

③残 石：指落石沟吾用石（亦称镜台石）被盗卖者炸盗后所剩的残余部分。

④壮辞章：指按余所撰《望仙坪传奇》中《吾用石》故事的实地自然景物摄来照片，一同付印，以加强故事气氛。

⑤仙女崖：因聂姑坐洞成仙，其洞所在的崖壁称仙女崖。

⑥卧虎冈：即卧虎岭，亦称飞龙岭。

汉宫春·锦山绣坪奇闻感人①

（2006年5月14日）

秦岭巍峨，有千崖万壑，气势恢弘。层峦叠嶂，谷深岭峻峰崇。名山胜水，广传闻、最数仙坪。经百代、发挥演叙，神奇美丽繁荣。

堪叹汉家皇帝，把心机用尽，仙愿难成。机缘竟轻错过，抱憾终生。尤怜聂女，更遭逢、苦雨凄风。即纵是、神归仙苑，怎堪忍受伤情？

沁园春·望仙坪与紫电沟

（2006年7月4日）

胜地仙坪，绮秀嵯峨，久负盛名。竟前坡开敞，后山叠峻，低高映衬，蓊郁葱茏。西谷宽寥，东沟靓丽，更产清风出彩虹。尤中段、耸峰崖洞壁，柳暗花明。

坪山如此丰容，更流水潺潺作谷声。每狂风携雨，漫巅冲洗；壑云放电，闪亮长空。滚滚疾雷，惊心动魄，浪涌涛翻发聩聋。休竭处、四象②全消匿，气净山清。

名山胜水添新客

（2006年7月30日）

山不在高，有仙则名。

---

①5月，趁小儿由兰州回家之机，引其于望仙坪落石沟及仙女崖前照相。觉地势之崎峻，叹传闻之优美，感发而作。

②四象：风、雷、雨、电四种天气现象。

望仙古坪，王母留踪。

水不在深，有龙则灵。

甘峪老河，龙潭碧澄。

仙山胜水，笔峙奔腾。

相依互傍，名驰关中。

远谒近访，游客旅朋。

汽车摩托，男女盈盈。

山花烂漫，芳草绿浓。

皓月映库，松浪山风。

游池幽美，清流畅供。

终南胜境，西户风情。

望仙游泳池①

（2006年7月31日）

其 一

望仙坪侧有池塘，傍水依山玉液长。

盛暑炎伏天酷热，临池浴泳任徜徉。

涤濯热汗赢清爽，运动骼筋筑健康。

最是悠游佳去处，宜多到此勿彷徨。

其 二

古坪仙境好景多，河口泳池更超脱。

①丙戌年七月初六上午，应甘峪口村之邀，与诸友人赴望仙坪农家乐山庄议事。仰望仙坪，侧视甘水，深感其胜，实属消暑旅游佳地。尤感游泳池之适时开凿，农家乐之恰当构建，更为名山胜水增客添色。兴起，归而援笔赋之。

118

青山倒影添幽美，绿树摇曳欲婆娑。

纷纷健臂作双桨，勃勃英姿亮洒脱。

自由蛙式任急缓，侧浮仰泳畅寥廓。

忧寂烦恼全消逝，迂回穿梭更活泼。

悠游宽爽神仙趣，激越康壮人间乐。

王母煞是知人意，携来瑶池伴甘河。

聚得玉液洁肤汤，涤洗肌躯代谢浊。

可惜久守城市者，未晓山村农家乐。

西户交通极方便，大道高速路广阔。

若能驱车亲体验，定会从此常赞说。

爱眷双双相依伴，联肩并膀拨清波。

女士尤能添风采，出水芙蓉更绰约。

盛夏炎伏最当时，潇洒几回莫蹉跎。

天地元淑尽消享，赢得体健心爽和。

望仙泳池观游泳

（2006年7月31日）

月来天气太闷热，应约会友觅轻松。

望仙坪侧观游泳，山谷着意送凉风。

游者搏臂振足处，扑扑通通水作声。

豪情激起千尺浪，似欲竞技胜长鲸。

望仙游泳池感赋

（2006年11月8日）

望仙泳池，声闻四域；交通便利，环境优良。

依山傍水，地处仙壤；风光旖旎，源富流长。

可洗浴而驱汗垢；可泳游而获爽凉。

山花烂漫，莺歌燕舞；月白树绿，鸟娇花香。

黄花红果，天高气爽；林雪皑皑，素裹红装。

沟壑幽而山峦壮；四序异而各见强。

游人乐至，雅士愿赏；山珍野味，宾馆食堂。

练功习拳，吐纳疗养；著书写画，怡性修康。

唯山庄具此优势，岂城市可与颉颃。

人民大众，老少咸宜；俊男靓女，对对双双。

来者高兴，去者惬意；宾至如归，流连意长。

诚浴泳赏游佳地；更休闲养颐之乡。

望仙坪旅游区风景脉络

（2006年11月11日）

巍巍仙坪，气势恢弘；

十方里地，千载盛名。

前坡宽敞，后岭高崇；

相形映衬，愈显峥嵘。

西谷豁朗，镜台风洞；

东沟壮丽，石阵彩虹。

中腰多势，亦平亦峻；

奇峰秀洞，东西绵横。
斯五形貌，脉络清整；
各有其态，各具其风。
游者至此，握为纲领；
撮要览游，了然目清。

望仙坪对联

老 子

其 一

紫气东来，函关立说垂后世；

青牛西进，仙坪讲经传真言。

其 二

著道德，说本源。持论高殊，辩证相因。我辈研讨，概见中华形象之博大，民族智慧之光辉。岂海外后崛之邦，可同期相比而语；

昌无为，主自然。针砭时弊，理化社会。吾侪切磋，当持唯物史观之审慎，一分为二之法式。勿轻躁横武用事，盖视作厌世观云。

其 三

仙风道骨，鹤发美髯，胸藏宇宙装万象；

宝骑神牛，紫气祥光，身游天下传真经。

其 四

思穷经义，从无骄横于世；

行有宝骑，素不炫耀威风。

其 五

公有皓首白发，天然生象，固属真色本分，高风雅态；

今逢披头怪须，人工造形，切毋咧嘴嗤鼻，笑破老牙。

其 六

虽有神牛宝骑，满腹经纶，也不横冲直撞藐视神众；

既无魔车奇具，周身异饰，仍只冉进徐行遵守天规。

八卦、太极图和道德经

其 一

卦理无穷终归道；

哲论深邃总在德。

其 二

依两爻，分八类，演六四，囊宏微，阴阳交感是本；

曰太极，实无极，溯本源，述变化，相依辩证为因。

集 仙 观

集仙阐哲理，弘扬事物根本；

聚会抒卓识，研讨道德精神。

玉 皇

其 一

神道之中公为首；

玉宇以内你称王。

其 二

修成玉皇大帝，高居九天之上；

推为至尊神王，望到尘世多来。

王母桃和酒

其 一

昆仑春暖夏凉，千岁蟠桃能益寿；

瑶池风和日丽，九霄琼液可延年。

其 二

蟠桃何只宴神仙，当让天下耕者尝尝滋味；

琼浆就应劳民众，以使世上穷人品品清香。

准 提 菩 萨

其 一

三眼观世情，比双目眯蒙，半睁半闭，只顾一己之利者精明十倍；

多臂扶穷困，较两手营私，辄攫辄抓，但图贪财敛物流光耀万分。

其 二

多目观世界，察是非曲直，不让指鹿为马；

众手掌乾坤，做扶危济困，岂容以假乱真。

无 量 佛

其 一

天上有寿佛，寿德无量；

人间多欲鬼，欲壑难填。

其 二

佛量本无穷，奈世事纷纭错综，使妖孽随心作恶；

世界虽广袤，也不应宽大无度，容魔怪恣意逞强。

太 伯 神

叩马阻雄师，差矣，不识时务；

采薇居首阳，壮哉，可嘉志行。

聂 姑 嫂

其 一

孤标青岩洞；

独芳紫电沟。

其 二

两个奇女子；

一双痴情人。

其 三

仙洞悬半壁；

光电耀长空。

其 四

心如皓月，高悬碧宇澄天净；

意若寒潭，深处幽沟彻底清。

鳖 盖 岭

其 一

三鼋出山，拖带着满身肥土；

一园植背，俨然是锦龟绿毛。

其 二

三丘果田茂；

双季农物丰。

甘峪水库

英党悯大千，秉菩萨心肠，树禹功启武，率赤子苍生，战天斗地，筑高堤长坝，伏虬锁蛟，三乡靖患，救苦救难无量佛；

明府舒壮略，展共工神概，持夷志齐节，同百姓黎庶，戴月披星，聚玉液金汤，浇田灌树，两社丰足，慈航普济观世音。

四月七日为理事会成立赠联

名胜深发，以偿八方所望；
游事新理，且看四季繁荣。

触景感发即兴联

望仙事奇，固适众口趣道；
坪区景好，尤须群智开发。

为望仙坪定级后第一个春会（1991年）彩门撰联

胜地复开发，物华献瑞，天宝呈祥，明时九州共庆；
景级新评定，群情洋溢，国恩浩荡，盛世万民同欢。

为望仙坪1991年春会书法绘画展大门撰联

山光水色画图里；
暮霭朝晖吟咏中。

拟在望仙坪筑望仙亭征联，巩出屈对联

望仙坪，望仙亭，望仙坪上望仙亭。仙坪在望，仙亭在望；（巩卓生）

仙女崖，仙女洞，仙女崖腰仙女洞。女崖有仙，女洞有仙。（屈允廉）

1992年春为望仙坪春会山门撰联

从此登临，百里秦山，跃然眼底：观音重修，清凉再建，隔河相望，共与仙坪形胜；

于兹联想，千年往事，涌乎心头：聂姑坐化，汉武望仙，经代演述，同作稗史流传。

附：古今咏望仙坪诗选

九日登望仙台呈刘明府

(唐)崔曙

汉文皇帝有高台，此日登临曙色开。

三晋云山皆北向，二陵风雨自东来。

关门令尹谁能识，河上仙翁去不回。

且欲近寻彭泽宰，陶然共醉菊花杯。

三鼋望海

巩卓生

茫茫往史长，逐浪沦西方。

故里总难念，遥遥望海乡。

橡岭牛声

巩卓生

橡林有幸寄青牛，道祖传经未肯休。

美景可餐终不饱，时闻叫唤哞哞哞。

浪淘沙·题望仙坪

巩卓生

古迹望仙坪，水秀山明。云林宜雨又宜晴。偶尔登临开意境，别塑心灵。

寒暑互变更，事业无成。最苦无实负虚名。景仰道君持
静悟，恬谈养生。

题望仙坪

(清)巩瑰奇

坪高景物新，游览当三春。

望仙仙不见，谁与指迷津。

望仙坪

李养民

王母携朔去，武帝空望仙。

悔未食青桃，祥云近难攀。

春绿茂陵树，山抹汉家烟。

渭水荡风流，沧桑怕梦酣。

题望仙坪

巩乐诩

其 一

大好河山萃地灵，望仙古迹早驰名。

东来紫气萦回处，老子传经驻此坪。

其 二

变迁几度历沧桑，古迹于今似渺茫。

告慰游人莫叹息，五千妙论实辉煌。

其 三

观西坡对望仙坪，翠霭轻轻西忽东。

库水涟漪摇碧影，云林掩映接苍穹。

人民有幸获温饱，胜景无辜遇暴风。

多少游人曾惋惜，应为古迹焕新容。

游望仙坪

焦万利

其 一

山存清骨水潺潺，仰望苍穹紫气沾。

笑问庙前名利客，何如到此拜神仙？

其 二

登临同揽胜，云气自函关。

鸟悦山林静，松知花径弯。

乱石藏古阵，深涧泪清泉。

不问民间苦，枉然来拜仙。

游望仙坪

王懋儒

汉皇游梦望仙坪，圣命树碑塑影容。

今日庙堂香火盛，沧桑兴替话民情。

咏望仙坪

张瑞武

故乡明月亮心头，世事何曾屡欠收。

撷下仙坪红叶片，峰前七女秉长烛。

游望仙坪

梁 萍

阳春漫步青坪上，老子汉皇轶趣牵。

地脉恢宏藏紫气，道心博大灿云天。

清风无语环仙观，盛世有情仰群贤。

暂且空悲思旧物，翻新岁月叙诗缘。

游望仙坪感怀

梁义定

王母赐机留胜景，只惜汉武少仙缘。

有功得道步坪上，无欲成仙腾雾间。

松柏含翠莲花座，龙凤映辉神观前。

今日玉皇应聊慰，天堂福祉落人寰。

咏望仙坪

李洋源

紫气映东天，峻坪可望仙。

清泉响联韵，仙女灿笑颜。

碧水龙眠谧，红林鸟语喧。

道德兴胜地，骑牛款云端。

望仙坪远眺

李生文

王母乘风临美景，汉皇青睐望仙坪。

千年古刹香烟绕，万仞秦山紫气萦。

渭水滔滔歌盛世，故都处处荡春风。

新村靓厦高速路，率流马龙驰纵横。

游望仙坪

宋伟前

春游悦目访遗踪，王母汉皇留盛名。

万亩青坪生锦绣，一泓碧水映奇峰。

聂姑洞里传说美，有扈阵前兴趣浓。

览胜何须别处去，仙山甘水足怡情。

游望仙坪

何智荣

其 一

毛垢青桃隐玄机，汉帝不解此中谜。

成仙美事眼前过，再度良机千古稀。

其 二

伴师携侣上仙坪，赏景怡情访故踪。

远眺层峦叠翠影，近闻啼鸟荡回声。

趣谈汉武遇仙事，笑忆重阳王母宫。

山水人文双衬映，旅游胜境早驰名。

咏望仙坪

李秉章

汉皇慕道欲长生，吾户久传望仙坪。

古碑犹存嵌观壁，轶事流播赖屈公。

承露金茎飞化灰，万年痴想掩茂陵。

游人杂沓庙前望，桃杏千顷花缀红。

望仙坪

刘 波

仙人已去天界中，此地犹留望仙坪。

遥看山峦层层翠，近闻甘水滔滔声。

花果葱葱香溢谷，白云悠悠绕七峰。

闻名遐迩非凡景，难辨人间与天庭。

游望仙坪诗

乔国基

其一·问汉武

未食仙桃未成仙，却做君王在人间。

奇功千载铸青史，愿为皇帝愿为仙？

其二·问聂姑

当年抗婚逃此山，入洞坐化升九天。

靓女俊男多情爱，今返人间可羡仙？

咏望仙坪诗

何 昭

其 一

终南阴岭气如虹，千年秀让望仙坪。

湖光山色惹人醉，西子掩面愧姿庸。

其 二

三峡五岳游黄山，桂林苏杭与南海。

看尽天下佳山水，唯有此地出神仙。

登望仙坪感怀

崔 纯

高峰连翠岭，流水和琴弦。

潭印山光影，鸟旋龙女泉。

苍穹霞彩映，贤士霭云穿。

桃李随风艳，问春可悟仙。

登望仙坪

王亚涛

闲来阅览青坪上，山水交融紫气腾。

有扈难寻波影里，金戈不舞峪门东。

思仙汉武眠高土，创教重阳守旧宫。

风采依稀浮幻影，抚碑追忆正涛声。

临江仙·游望仙坪抒怀

张 载

远眺群峰新翠染，云涛雾海相牵。恍然犹是望仙山，沧桑常历尽，得道口碑传。

都说山林归隐好，流连忘返情酣。人生坎坷叹机缘，神思飞静处，安稳自心间。

望 仙 坪

刘高明

望仙坪上王母宫，宫阙飘渺入云中。昔日王母蟠桃会，武帝莅临玉琼醉。翩翩仙子红秀香，天子酣卧温柔乡。一梦醒来常回味，茶饭不思腮挂泪。仙姬仙姬别舍我，朕愿捧上人参果。帝欲乘鸾追仙行，肉体凡胎如何能。昆仑之丘不胜寒，苦哉苦哉泪如泉。大汉天子人中龙，筑观于斯寄遗情。观如瞩玉洁无暇，心在昆仑思无涯。人生在世何当歌？"情"字一字最难说。我为武帝歌一曲，望仙坪陷苍山碧。

望仙坪题绝

王秦香

闲云荡荡任风牵，柏阵森森递远天。

不耐浮生名利锁，望仙坪上欲飞仙。

望仙坪怀古

张焕军

其 一

烟花三月上仙坪，曲径通幽晨鼓鸣。

遥望当年烽火起，启惩有扈史垂名。

其 二

锦绣河山萃地灵，聂姑羽化久闻名。

洞奇石秀堪欣赏，无限风光数此峰。

望 仙 坪

王录庆

其 一

王母青桃度汉皇，仙机错过叹汪洋。

天宫少了神一个，万里江山万代长。

其 二

望仙坪上望秦川，圣迹如星落九天。

荟萃群贤齐唱响，下凡王母笑开颜。

望 仙 坪

刘志明

甘野青坪起峻山，神奇浩渺道风延。

娘娘有意青桃度，汉武无缘空望仙。

青郁翠滴神韵处，高山仰止聚仙观。

关河万象舒心地，千古传奇作趣谈。

后 记

　　望仙坪自古以来就是一块风景宝地。她不但山水形胜，环境优美，而且极富文化内涵。这里不仅留下了夏启、有扈氏、汉武帝、老子、王重阳等历史名人的足迹，而且传颂着西王母、七仙女、太阳神、后羿与嫦娥等诸位神仙的美好故事。造物主赐予的神奇与历史铸就的辉煌，在此精巧地融为一体，幽美和谐，相得"游遍天下佳山水，惟临此地忽成仙。"一位朋友盛赞，我亦同感。

　　1990年春，我应望仙坪东道主甘峪口村之邀，任望仙坪旅游开发区理事会理事，参与了景物资源调查。9月，受委托撰写了《望仙坪风景名胜自愿评价定级报告》材料。之后，我又涉沟徒岭、访老问贤，收集了大量的历史遗存、轶事趣话，撰写成这本书，已故老学者巩卓生特意写序以赞。但因故一撂便是十五年。

　　2005年一个偶然的机会，此书稿被乡邻好友黄福祥同志知晓后，推荐给时任户县上林苑诗词楹联学会会长焦万利先生赏阅，其对诗文合著的形式大为赞扬，并建议将此书出版，还欣然为本书作序。

　　又时隔十年，望仙坪已成为户县清凉山生态文化旅游区的重要组成部分。在《望仙坪传奇》一书的编印过程中，户县新农村建设投资有限责任公司作为户县县政府确定的清凉山生态文化旅游区的开发建设主体，公司上下给予了亲切关怀和大力支持。在此，我表示衷心地感谢。这次付梓编排过程中焦万利先生又出面协调，促使书稿付梓问世，使我在八十五岁寿诞时得到慰藉。终南诗社社长、老学者乔国基先生，诗友何智荣、何昭、刘志明以及乡友黄福祥老弟也为此书付出了大量的心血和努力，其精诚之心实在令笔者感动。在此向县政府有关部门领导以及各位诗友表示感谢。书稿中不尽人意之处，敬请读者不吝指教。

屈允廉于2005年11月原稿
黄福祥于2015年11月校正